Babette

postfaktisch

AF194128

Über *Babette postfaktisch* schrieb Amthor von Donnersklöppel:

„Das ist das beste Buch, was je geschrieben wurde. Alle Bücher, die Sie bisher gelesen haben, sind einfach nur Müll. Glauben Sie mir! Es ist wahr!"

Tobias Schlosser, Jahrgang 1985, hat ohne zu wissen, was ein Trochäus ist, versehentlich einen Doktortitel in englischer Literaturwissenschaft über kanadische Geistergeschichten erworben. Er liebt es seine Ruhe zu haben. Da er aber auch essen möchte und weder Sugar Daddy noch Mommy in Sicht sind, arbeitet er derzeit als Lehrer und Buchhalter und hat sich als Barkeeper ausbilden lassen.

Tobias Schlosser

Babette

postfaktisch

Kurzgeschichten

Bibliografische Informationen der Deutschen Nationalbibliothek:

Die Deutsche Nationalbibliothek verzeichnet diese Publikation
in der deutschen Nationalbibliografie, detaillierte bibliografische
Daten sind im Internet über http://dnb.dnb.de abrufbar

© 2020 Tobias Schlosser
Herstellung und Verlag:
BoD – Books on Demand, Noderstedt

Lektorat: Irina Sehling
Titelbild und Umschlaggestaltung: Steven Rattey

ISBN: 978-3-7526-2599-8

für Alecia,

Vivienne

und Steven

Gedicht anstelle eines Vorwortes

Meine Leser*innen sind sexy,
Egal, wie viel sie wiegen und wie alt sie sind.
Meine Leser*innen haben einen guten
    Musikgeschmack.
Sie können tanzen.
Und vor allem tanzen sie sexy.
Meine Leser*innen hängen nur mit coolen Leuten ab.
You know,
mit den extra coolen und extra sexy Menschen des
    Planeten.
Nur die extra coolen und extra sexy Menschen des
    Planeten
verstehen mein Buch.

Die wichtigste Eigenschaft aber,
die meine Leser*innen haben,
ist,
dass sie trinken können.
Das schätze ich besonders an ihnen neben ihrer
    allgemeinen Sexyness,
denn:

Je mehr Sie trinken, desto lustiger wird mein Buch.

Logbucheintrag 1: Kinderfernsehen

Gemeinsam mit ihrem elfjährigen Enkel Nik starrt Babette auf den Bildschirm. Die *Sendung mit der Maus* läuft und langsam, aber sicher wird sie wütend. Es ist Sonntagvormittag und das Kinderfernsehen sollte für beide eigentlich ein vergnüglicher Zeitvertreib sein, bis der schonend gegarte Bio-Hammel-Sonntagsbraten von Maude, Babettes Schwiegertochter, aufgetischt würde. Doch die vermeintliche Ablenkung ruft bei Babette gewaltige Bauchschmerzen hervor, so dass sie gar nicht weiß, ob sie nachher überhaupt noch etwas essen kann. Eigentlich hatte sie immer gedacht, Kinderfernsehen solle den Kindern Unterhaltung und Wissen gleichermaßen vermitteln. Dem scheint jedoch nicht so.

Babette holt tief Luft. Ihr Ärger findet keine Worte.

Am liebsten würde sie jetzt nach draußen rauchen gehen, doch Maude, die grausamste aller Schwiegertöchter, hat es ihr verboten. In ihrem reformpädagogischen Hippie-Wahn wagte es Maude doch tatsächlich, Babette dahingehend zu informieren, dass Kinder am Vorbild lernen und dass Nik bitte keine kettenrauchende Großmutter als Vorbild haben solle.

„Mein liebes Distelkind", versuchte Babette ihrer Schwiegertochter die Wahrheit begreiflich zu machen, „du weißt schon, dass Kinder ihren eigenen Kopf haben und ohnehin nicht auf die Älteren hören? Wenn du sichergehen willst, dass Nik nicht mit Rauchen anfängt, rauche gefälligst selbst! Das Letzte, was Kinder tun würden, ist das, was ihre Eltern machen!"

Doch Maude ließ sich in ihrer Dickköpfigkeit nicht von Babettes stichhaltigen Argumenten überzeugen, obwohl sie als studierte Philosophin und Anthropologin eigentlich hätte Einsicht zeigen müssen. So kam es, dass Babette, wissend, dass sie ein Engel des Friedens ist, schweigt und sich an Maudes Regeln hält, die sich diese lediglich ausgedacht hat, um ihre Schwiegermutter zu schikanieren. Bloß gut, dass Maude Babette nur das Rauchen und nicht auch noch ihre Gedanken verbieten kann. Denn so langsam platzt Babette der Kragen. Zu allem Überfluss wird sie gerade genötigt, Augenzeugin zu werden, wie ihr lieber Enkel aufs Schlimmste verkaspert wird.

Die *Sendung mit der Maus* erzählt das Märchen von der Recycling-Industrie. Nik scheint fasziniert, wie aus altem Papiermüll neues Papier gewonnen wird.

„Früher gab es keine Mülltrennung", sagt Babette zu ihrem Enkel, „da wurde einfach alles so weggeworfen, wie es einem aus den Pfoten fiel."

„Echt jetzt?", fragt Nik.

„Echt jetzt!", sagt Babette in spöttischem Unterton. Sie will Nik ihr Missfallen darüber spüren lassen, dass er es nicht einmal schafft, einen vernünftigen Satz zu bilden.

Babette fühlt sich wie betäubt. Bei ihrem Sohn Walter damals hatte sie noch alles selbst in der Hand. Ihm konnte sie einfach verbieten, realitätsfremde Sendungen wie *Als die Tiere den Wald verließen* zu schauen, die den Kindern Mitleid mit Ungeziefer vermitteln. Walter konnte sie so noch vor den schlimmsten Gerüchten bewahren. Doch bei Niks Erziehung läuft alles aus dem Ruder. Allerdings ist Babette auch eine Humanistin, wie sie im Buche steht. Daher beginnt sie sogleich mit der Aufklärung:

„Früher musste niemand Müll trennen und da ist auch nichts passiert, das kann ich dir sagen! Die tun heute alle so, als ob etwas furchtbar Schlimmes passieren würde, wenn wir den Müll nicht trennen. Ich habe aber schon alles Mögliche in meinen Papiermüll geschmissen: Kartoffelschalen, Kippenstummel, Batterien – und da ist nichts passiert. Selbst als ich Kater Willi da reingeschmissen habe, nachdem er gestorben war, hat niemand was gesagt."

„Du hast Kater Willi in den Papiermüll geschmissen?", fragt Nik seine Oma ungläubig.

„Ja, was hätte ich denn tun sollen? Ich hatte keine andere Wahl! Auf meinem Grundstück konnte ich Willi nicht vergraben. Es gibt da einfach zu viele Füchse und die buddeln den Kater wieder aus. Sieht nicht schön aus, Nik. Und der Tierarzt hätte über zwanzig Euro für die Entsorgung gewollt. Da habe ich mir gedacht: Babette, sei schlau wie der Fuchs und schmeiß den Kater ins Altpapier. Die Tonne wird gewogen, da bringt er dir wenigstens noch a bissl was an Geld, das einem die Stadt fürs Altpapier gibt. Ja, so macht die Oma das. Nik, horch einmal her! Du kannst ruhig ein bisschen rebellisch sein, musst nicht immer das machen, was die anderen von dir wollen. Die, die sagen, dass wir den Müll trennen müssen, sind alles Distelkinder, die die Menschen beschäftigt halten wollen. Die wollen nur, dass wir rechtschaffenen Bürger nicht nachdenken. Weißt du, Nik, es gibt viel, viel schlimmere Sachen, die uns wirklich alle umbringen. Was glaubst du, was diese Menschen alles tun, Nik? Die sprühen von ihren Flugzeugen Gift auf uns, verseuchen unser Wasser mit Chlor und vergraben radioaktives Material bei Straßenbauarbeiten, damit wir alle allmählich vergiftet werden."

„Aber warum machen die das?", fragt Nik, zunehmend aufgewühlt.

„Na ja", antwortet Babette, „es gibt einfach zu viele Menschen, und sie werden immer älter, da müssen halt ein paar weg. Deshalb vergiften die uns alle. Gelingen tut's denen bisher noch nicht. Deswegen werden die immer mehr Gift auf uns regnen lassen, damit wir alle schneller verrecken. Bums. Aus. Ende. Aber mir soll es egal sein, wenn wir alle draufgehen. Ich habe mein Leben gelebt und dann werde ich vom Himmel auf euch herabschauen und euch auslachen, weil ihr alle so heillos bescheuert seid."

In diesem Augenblick kommt Maude mit dem schonend gegarten Bio-Hammel-Sonntagsbraten ins Wohnzimmer und scheint alles andere als erfreut. Nach einem Moment des Schweigens, in dem niemand so recht weiß, wer nun was zu sagen hat, äußert Maude klar und deutlich:

„... und ich höre mich noch mit Engelszungen mit dir reden! Vor genau sieben Jahren! Da hast du das erste Mal mit Nik *Der Maulwurf und seine Freunde* gesehen und gesagt, dass diese Zeichentrickserie verboten gehört, da sie Schädlinge bewirbt, die du am liebsten alle in einem Eimer ertränken würdest. Und ich habe dir gesagt, dass in der Sendung neben einem Maulwurf und einer Maus auch ein Igel mit dabei ist. Ein Igel, Babette, ein Igel! Und da meintest du nur: ‚Na, der kann auch mit weg!‘ Erinnerst du dich? Damals habe ich dir gesagt, dass es bei jedem kassenärztlich zugelassenen Psychotherapeuten fünf verschissene probatorische Sitzungen gibt. Fünf! Und die können einfach so kostenfrei genutzt werden. Warum um alles in der Welt hast du das Angebot damals nicht genutzt? Da wäre Nik heute einiges erspart geblieben!"

Stille.

Plötzlich schreit Babette: „Dein Hackfleischbraten stinkt nach Katzenpisse!"

Sie starrt Maude bezwingend an, dann steht sie auf und deckt den Tisch.

Logbucheintrag 2: Intrige

Babette schaut auf ihren SUV, den sie in der Einfahrt vor ihrer Garage geparkt hat, und wird unfassbar wütend. Gestern Abend ist sie spät heimgekommen und zu faul gewesen, ihr Auto in der Garage abzustellen. Außerdem klebten unzählige Blütenblätter der Magnolie, die in ihrer Einfahrt steht, an den Reifen des Geländewagens und sie wollte den Blütenmatsch nicht mit in die Garage schleppen. Doch jetzt sah Babette die Bescherung.

„Es ist wirklich eine hässliche Welt", sagt sie zu sich, „in der selbst Tauben einem nur zum Schur leben!"

Babette hat einmal gehört, dass Tauben die Ratten der Lüfte seien. Doch sie hat es schon immer besser gewusst: Tauben sind in Wahrheit die Mafia der Lüfte! An einem milden Sommerabend hat sie solch ein Federvieh mit einem Violinenkoffer im Schnabel durch die Dämmerung fliegen sehen, bereit, einen seiner diabolischen Aufträge auszuführen. Denn in dem Koffer war keine Pistole, nein, das hätte Babette als Waffenliebhaberin, die jeden verehrt, der sich zur Wehr zu setzen weiß, gut gefallen. Tauben haben eine viel schlimmere Waffe in ihren Geigenkoffern: Abführmittel.

Und so kam es, dass in der letzten Nacht die Drahtzieher-Taube zur Magnolie in Babettes Vorgarten geflogen war, wo bereits eine Heerschar vergnügter

Tauben auf den Ästen des Baumes auf den Stoff gewartet hatte. Dann pickten alle flugs die Pillen auf und schissen inbrünstig die Windschutzscheibe von Babettes SUV zu.

Fassungslos fragt sich Babette, wer der wahre Auftraggeber dieses perfiden Planes sei. Wer um alles in der Welt bezahlt Tauben, damit sie so etwas tun?

Babette vermutet, dass die Kohlmeisen-Lobby dahintersteckt. Die Kohlmeisen, so erfuhr sie neulich aus ihrer Tageszeitung, sind vom Aussterben bedroht. Eine tödliche Lungenkrankheit geht in der Kohlmeisen-Welt um, an der alle männlichen Kohlmeisen sterben. So hat sie es zumindest gelesen. Die Vogel-Influenza scheint ihren Ursprung in Griechenland zu haben. Von dort wurden nämlich Spinnen, die die Keime der Krankheit in sich tragen und die in Südfrüchten nisten, nach Mitteleuropa eingeschleppt, wo sie aufgrund des Klimawandels nunmehr überleben. Sie bieten sich als Opfer feil und werden von den Kohlmeisen fleißig aufgepickt. Das tun die Spinnen natürlich nur, um letzten Endes alle männlichen Kohlmeisen zu töten. Sicher sind die Spinnen Feministinnen, die in ihrem blinden Männerhass vor nichts Halt machen, schlussfolgert Babette folgerichtig. Fast schon christlich, dieser Opfergedanke.

Früher mochte Babette die lieben Kohlmeisen. Aber die Faktenlage spricht nicht zu deren Gunsten: Wer nicht robust genug ist, sich gegen invasive feministische Insekten aus Griechenland zur Wehr zu setzen, verdient auch nichts Besseres, als zur Hölle zu fahren. Pech gehabt. Nun geht's der Meise halt richtig scheiße.

Plötzlich vernimmt Babette in ihrem Kopf die Stimme ihrer verhassten altklugen Schwiegertochter Maude, des Distelkindes: „Also, Spinnen sind eigentlich gar keine Insekten ...“

Diese Worte machen Babette nur noch wütender.

Aber zurück zu den Kohlmeisen: Sicherlich haben diese die Tauben beauftragt, Rache an Babette zu nehmen, da sie in der Presse ohne Zweifel Notiz davon genommen haben, dass die Geländewagenfahrer am Klimawandel schuld seien. Die Zeitungen sind ja voll von diesem Irrsinn! Spinnentiere sind demnach aufgrund des Klimawandels hier und infizieren die nicht wetterfesten Kohlmeisen-Männchen. Ergo: Die labilen und rachsüchtigen Kohlmeisen geben Babette die Schuld an ihrer Misere.

Babette schaut auf ihren SUV und überlegt, einen unterbezahlten Borasisi, der in der Nähe Spargel sticht, vom Feld zu holen. Der könnte den Wagen zu einem erschwinglichen Preis putzen. Schließlich ist das Elend in ihrem Vorgarten nicht auszuhalten.

Neben dem vollgeschissenen SUV ärgert sich Babette auch über die Mittäterin: die listige Magnolie. Als wären deren glitschige Blütenblätter nicht schlimm genug! Nach nur kurzer Blütezeit lässt die Magnolie alles fallen und sorgt dafür, dass es Babette regelmäßig die Beine wegzieht.

Zunächst erfreute der Baum Babette, denn die Magnolie steht stramm wie ein Soldat vor der Invasion eines Erdölstaates. Zudem sorgen die auch draußen auf den Gehweg herabgefallenen Blütenblätter dafür, dass die Hippies, die die Straße entlanggehen, hin und wieder ausrutschen. Doch schon seit längerem bekommt Babette es mit der Angst zu tun: Was ist, wenn diese Hippies sie verklagen? Was ist, wenn sich einer von dem Gesindel tagsüber das Genick bricht und Babette den Hippie nicht einfach abknallen kann, weil draußen noch Tageslicht ist? Die Hippies trinken heutzutage ja nicht nur nachts, sondern rennen auch am helllichten Tage strunzbesoffen durch die Kante.

Ja, die Magnolie, die hat so ihre Tücken, denkt Babette. Sie hätte bei guten, deutschen Bäumen bleiben sollen, einer Eiche oder Linde. Auf gar keinen Fall eine Birke. Das ist der russische Nationalbaum: schlaksig, kahl und hager. „Kein Wunder, dass die da so viele Balletttänzer haben", murmelt Babette in ihren Damenbart.

Auch ihren lieben Nachbarn Waldemar, treuer Freund der Neuesten Preußen und Gründer der hiesigen Ein-Mann-Bürgerwehr, sah Babette einmal auf den glitschigen Blättern ausrutschen. Waldemar erholte sich damals gerade von einer Hüft-OP und musste nach dem Sturz gleich wieder ins Krankenhaus. Auch das vergällte Babette allmählich die Freude an dem Baum. Zudem fungierte die Magnolie letzte Nacht als

Komplizin der Tauben-Mafia! Babette hätte nie gedacht, dass einmal ein Baum sie verraten würde.

Ob jung, ob alt, ob Hippie oder rechtschaffen, die heimtückische Magnolie ist wieder so ein ekelhafter Gleichmacher, denkt sie sich. Es fallen halt alle hin.

Babette holt die Kettensäge.

Logbucheintrag 3: Tugenden

Babette schaut auf die Quietscheentchen-Schwimm-flügel, die sie ihrem Enkel Nik anziehen wollte, und wird über alle Maßen wütend. Eigentlich hatte Babette heute vorgehabt, mit Nik plantschen zu gehen, doch ihre herzlose Schwiegertochter Maude hat ihr einen gründlichen Strich durch die Rechnung gemacht.

Babettes Erfahrungen haben sie gelehrt, dass es sinnvoll ist, auf sein Geld zu achten. Übertriebener Geiz ist natürlich auch eine Unart, doch Babette miss-fällt die heutige Gesellschaft, in der alle dazu angehal-ten werden, wie von der Mutanten-Hornisse gestochen ihr Geld zu verprassen. Babette kann ihre Annahme auch klar belegen: Neulich wollte sie beim Zahnarzt Geld sparen und durfte es nicht!

Da sie starke Raucherin ist, lässt sie sich zwei Mal im Jahr die Zähne professionell reinigen. Beim letzten Besuch hatte sie eine wahrhaft vorzügliche Idee, die sie ihrem Arzt vor der Behandlung verriet:

„Wissen Sie, was? Bevor Sie anfangen, könnten Sie mir noch schnell meine vier Weisheitszähne ziehen! Die braucht doch kein Mensch und auf der letzten Rechnung habe ich gesehen, dass Sie für die Reinigung 1,65 EUR pro Zahn verlangen, und so könnten wir den ganzen Spaß um 6,60 EUR günstiger machen."

Doch der Zahnarzt lehnte ab.

Das machte Babette richtig wütend. Während der ganzen Zahnreinigung hielt sie ihre Geldbörse fest in den Händen. Nur nicht locker lassen, dachte sie sich, nur nicht locker lassen! Die Aktion des Zahnarztes hatte ihr unmissverständlich gezeigt, dass Zahnärzte allesamt diebischer sind als die gemeine Elster.

Seither ist Babette unermüdlich auf der Suche nach Maßnahmen, die irgendwie den herben finanziellen Schaden, den sie beim Zahnarzt erlitt, kompensieren. Ihre Gedanken drehen sich um nichts anderes mehr.

Heute also wollte Babette mit Nik baden gehen. Es ist ein wunderschöner, sonniger Frühsommertag und die Temperaturen liegen fast bei dreißig Grad. Um den teuren Eintritt im Freibad nicht bezahlen zu müssen, hatte Babette eine Sondergenehmigung beim Ordnungsamt beantragt, damit sie und Nik im Abwasserkanal der Stadt baden gehen können. Das ist nämlich kostenfrei möglich, wenn man die entsprechende Erlaubnis hat. Natürlich hätte Babette mit Nik auch einfach so in den Kanal hüpfen können – Babettes Mitbürger scheinen die geltenden Gesetze nicht zu kennen, weswegen sie auch niemand hätte verpfeifen können –, doch das hätte Babettes Credo widersprochen. Ordnung sein muss. Der Rechtschaffene stellt Anträge.

Gesagt, getan.

Die Bürokraten des Ordnungsamts wussten gar nicht, dass es solch eine Regelung gibt, doch Babette hatte die entsprechenden Paragraphen im Internet gefunden und bekam schlussendlich Recht für eine Sache, die niemanden interessiert. Das war ein wahrhaft göttlicher Moment für Babette, deren Endorphinhaushalt eng mit dem Wort *Recht* verknüpft ist. Sie sah die Welt in schillernden Farben, da der fröhliche Regenbogenfisch Fridolin in diesem Moment freudig über Babettes Synapsenspalte hüpfte. Sparsam sein und trotzdem Spaß haben – dass man mit dieser vortrefflichen Eigenschaft gut durch die Welt kommt, das wollte Babette ihrem Enkel nur zu gern vorführen. Jedoch funkte die übervorsichtige Maude dazwischen, indem sie meinte, dass Nik nicht im Abwasserkanal der Stadt schwimmen gehen dürfe.

Babette hätte nie gedacht, dass ihr Sohn Walter einmal eine Helikopter-Mama heiraten würde. Es war ihr dringendes Bedürfnis, Maude mit der Wahrheit zu konfrontieren:

„Weißt du, mein liebes Distelkind, ich frage mich, ob du möchtest, dass Nik lernt, sein Geld unbedacht zu verschwenden? Ich meine, heute bezahlt er für's Freibad und morgen wird er ein Smartphone haben wollen, dann kauft er griechische Staatsanleihen und spendet am Ende gar dem Tierheim Geld!"

Doch die starrsinnige Maude ließ sich nicht erweichen: „Mein Sohn wird nicht in den Abwässern der Stadt schwimmen gehen! Habe ich mich deutlich genug ausgedrückt? Und überhaupt! Was willst du mir eigentlich sagen? Dass ich Nik dazu erziehe, leichtsinnig mit Geld umzugehen?"

„Nichts, mein liebes Distelkind" entgegnete Babette, „ich will gar nichts damit sagen. Ich stelle nur fest."

Aber egal, wie stichhaltig und sinnhaft Babette auch im Folgenden argumentierte, Maude hat Babette vorsichtshalber den Umgang mit Nik bei schönem Wetter untersagt. Der Tag war also hinüber.

„Da kann ich auch genauso gut Wilfried besuchen gehen", knurrt Babette, lässt die Quietscheentchen-Schwimmflügel fallen und karrt von dannen.

Sie besucht ihren jüngeren Bruder nur ungern, obgleich sie die Vormundschaft für ihn übernommen hat, nachdem ihre Mutter gestorben war. Zeit ihres Lebens weiß Babette nicht so recht, wie sie mit ihrem Bruder umgehen soll, denn Wilfried wurde schon früh eine seelische Behinderung bescheinigt – eine Diagnose, die früher die Kurpfuscher bei allen sonderbaren geistigen Abnormitäten stellten. Für diesen Firlefanz hat Babette einfach keinen Nerv. Da kommt sie ganz nach ihrer Mutter. Diese gab Wilfried in ein Heim, wo er von früh bis spät alphabetisch alle Lieder der Rolling Stones, die sich in seiner Schallplattensammlung finden, aufzählt. Das tut er auch heute, als Babette mit ihm am Kaffeetisch sitzt:

„Baby Break it Down."

„Back to the Streets."

„Back of my Hand."

„Wilfried, gibt's denn so gar nichts Neues bei dir?"

„Back Street Girl."

„Back to Zero."

Wilfried hält inne und schaut Babette an.

„Beast of Burden."

Bei diesem eingeschränkten Gesprächsinhalt stellt sich Babette immer wieder die Frage, was Wilfried ihr mit der Aufzählung fremdländischer Musiktitel eigentlich sagen möchte.

Wilfrieds Pflegerin meinte vorhin auf dem Flur, dass Babettes Bruder in letzter Zeit nach veränderter Medikation um einiges kommunikativer geworden ist. Er spreche nun sogar in ganzen Sätzen, nur nicht, wenn Babette in der Nähe ist. Er habe sich sogar in die Bewohnerin Rosalie verliebt. Rosalie konnte sich nicht mehr am Leben erfreuen, seit ihr Mann vor ein paar Jahren an Krebs gestorben war. Sie weigerte sich einfach, mit irgendwem zu sprechen, und vegetierte so lange vor sich hin, bis Rosalies ältere Schwester sie ins Heim brachte. Doch Wilfried habe es auf unerklärliche Weise geschafft, sie wieder zum Reden zu bringen.

Babette weiß nicht recht, ob sie sich über diese Nachricht freuen soll. Was ist, wenn Rosalie ihrem Bruder das Herz bricht? Dann müsste Babette Wilfried von einem Nervenarzt zum nächsten schibbeln und könnte in dieser Zeit nicht mit Nik baden gehen. Vielleicht ändert Maude ja doch noch ihre Meinung, wenn sie erkennt, wie beispielgebend pragmatisch Babette ist.

Als Babette sich von ihren Bruder verabschiedet hat und gerade sein Zimmer verlassen will, entdeckt sie eine kleine, hagere Frau, ungefähr in Babettes Alter, mit auftoupierten Haaren und dicker Hornbrille. Diese stürmt auf dem Flur des Heims im Stechschritt in Richtung Babette und macht schäumend vor ihr Halt. Wie Babette im Gespräch erfährt, handelt es sich bei diesem Gewächs der Unruhe um Bärbel, die Schwester von Rosalie. Bärbel ist in heller Aufregung über die Liebschaft ihrer Schwester und schreckt nicht davor zurück, Babette in ihre Sorgen einzuweihen:

„Am Ende schlafen zwei Grenzdebile miteinander und das kann der liebe Gott nicht gewollt haben!"

„Ja, wen stört es? Die beiden werden zusammen doch keine Kinder mehr bekommen können!" Babette erschrickt. Hat sie sich soeben liberal geäußert? Das muss der schlechte Einfluss Maudes sein! Es könnte sich natürlich auch um eine Allergie oder um die Grippe handeln. Oder vielleicht ist es nur die Gleichgültigkeit gewesen, die Babette gegenüber ihrem Bruder empfindet.

„Wenn Rosalie noch länger mit Wilfried zusammen ist, wird es untragbare Zustände für meine Schwester geben! Sie sprach neulich sogar davon, dass sie ihn vielleicht heiraten würde. ‚Ein spätes Glück am Lebensabend', meinte sie. So ein Unfug! Sie wissen gar nicht, was das für Konsequenzen für meine liebe Rosalie hat!"

Ärger steigt in Babette hoch, weil sie sich fremdes Elend anhören muss. Schließlich ist es eine Unart, andere mit seiner Not zu belästigen.

Doch Bärbel lässt sich nicht aufhalten:

„Ich bitte Sie mit allem Nachdruck, der mir innewohnt, dass Sie Wilfried beibringen, dass er meine Schwester nicht mehr sieht! Ich verbiete einfach den Umgang! Denn wenn das so weitergeht, heiraten beide vielleicht wirklich noch, und wissen Sie, was dann passiert?"

Babette antwortet nicht und stellt sich stattdessen vor, wie sie mit voller Wucht eine Tischtenniskelle in Bärbels Maul schlägt, sodass es deren Zähne aus dem Kiefer haut.

„Dann verliert meine Schwester ihre Witwenrente!"

Nun aber horcht Babette auf. Nach einem Augenblick der Stille sagt sie schließlich mit weicher Stimme: „Ja, wo die Liebe hinfällt ... Da können wir nichts machen. Wie meine Hippie-Schwiegertochter immer so schön in Fremdländisch sagt: ‚*All you need is love*.'"

Und so lässt Babette die Bärbel mit ihren Sorgen allein und denkt sich auf dem Weg nach draußen: *All you need is love*. Ja, am Arsch! All you need, is Witwerrente! Wer nichts wagt, dem überweist die Rentenversicherung auch nichts. So kriege ich mit etwas Glück die Mehrkosten vom Zahnarzt wieder rein. Bei der hysterischen und irrationalen Vogelscheuche von Schwester kratzt die alte Schachtel Rosalie doch sicherlich vor Wilfried ab und dann ist er es, der etwas mehr Rente bekommt! So etwas nennt sich ausgleichende Gerechtigkeit.

Babette ertappt sich dabei, wie sie auf dem Weg vom Heim nach Hause über den Bürgersteig hopst. Vielleicht war es doch ein guter Tag.

Logbucheintrag 4: Geburtstag

Heute hat Babette Geburtstag und auch heute ist sie unglaublich wütend. Es ist früher Nachmittag und sie wartet darauf, dass endlich ihr Sohn Walter mit Maude und Nik zum gemütlichen Kaffeetrinken auf Babettes Veranda erscheint. Vielleicht würde der Tag dann besser werden. Bisher jedenfalls war er wenig erfreulich.

Babettes ganzer Ärger fand seinen Anfang, als sie am Abend zuvor ein Hornissennest unter der Regenrinne vor ihrer Haustür entdeckte und beschloss, den unliebsamen Bewohnern ein Ende zu bereiten. Sie holte ihren Staubsauger und saugte alle Hornissen ein, bis keine mehr übrig war. Dann entfernte sie mit einer Mistgabel das Insektennest und schmiss es in die nächstgelegene Tonne. Nicht ihre Schuld, dass dies der Plastikmüll war. Den Staubsauger stellte sie zurück in den Schrank ihres Schlafzimmers.

In der Nacht hörte Babette in ihrem Schlafzimmerschrank ein beständiges Summen und Brummen. An erholsamen Schlaf war nicht zu denken.

„Jetzt gebt doch endlich einmal Ruhe!", schrie Babette und drückte sich das Kopfkissen auf ihre Ohren. „Das ist ja nicht zum Aushalten!"

Doch das Surren hörte nicht auf. Babette war allerdings von ihrer abendlichen Saugaktion viel zu erschöpft, als dass sie die Kraft besessen hätte, sich aus ihrem Elend zu befreien. Zornig lag sie im Bett und fantasierte stattdessen von Allergiker-Staubsaugern, bei denen alles, was man wegsaugt, in einen Wasserbehälter abgeführt wird. Von diesen Staubsaugern hatte Babette einmal im Einkaufs-Fernsehen erfahren. Nun stellte sie sich vor, wie sie in ihrem Fernsehsessel vor dem Staubsauger saß und in der durchsichtigen Wasserbox beobachtete, wie eine Hornisse nach der anderen langsam verreckte.

Doch leider hatte Babette keinen solchen Staubsauger und musste so in ihrer Not verharren. Ab und an nickte sie kurz weg.

„Also ich würde ja an meiner Stelle alles ganz anders und viel besser machen. Das macht mich alles so wütend", murmelte sie im Halbschlaf.

Als das letzte Summen der Hornissen verstummte, war es auch schon Morgen und Babette stand auf. Nur schwerfällig kroch sie aus dem Bett, doch schließlich war es ihr Geburtstag und sie wollte um keinen Preis irgendetwas verpassen. Sie machte sich einen Kaffee, setzte sich in ihren Fernsehsessel und schaute Frühstücksfernsehen. Sonst passierte nichts. Sie wünschte sich, dass ihr Sohn Walter jetzt da wäre, um mit ihr den Tag zu verbringen, doch er würde erst zum Kaffee gegen zwei aufschlagen.

Hin und wieder blickte Babette nach draußen, um nach dem Briefträger zu schauen. Gegen elf Uhr kam er endlich und Babette sah, wie er etwas in ihren Briefkasten warf. Das konnte nur ihre Geburtstagspost sein, dachte sie sich und eilte schnurstracks hinaus.

Babettes Briefkasten, der an ihrem Zaun hängt, ist ungemein groß: einen halben Meter hoch, 40 cm breit und 20 cm tief. Damit sprengt er alle Empfehlungen zur Größe von Briefkästen, doch Babette sieht es als ihre heilige Pflicht an, gegen diese Form der Bevormundung zu rebellieren.

Als Babette die Magnolie fällte, hat ein Eichhörnchenpaar in ihrem Briefkasten Asyl gesucht und sich darin eingenistet. Das stört Babette auch nicht weiter, denn bis auf einen gelegentlichen Brief von irgendeiner Behörde bekommt sie keine Post mehr. Als sie aber heute ihren Geburtstagsbrief aus dem Briefkasten fischeln wollte, musste sie feststellen, dass das Eichhörnchenpaar Babettes Briefkasten in einen Swinger-Club verwandelt hatte. Babette sah eine Horde Eichhörnchen, die es alle miteinander trieben. Sie bildeten ein solches Geflecht, dass sie beim besten Willen nicht mehr erkennen konnte, wo ein Eichhörnchen anfing und wo ein anderes aufhörte.

Babette zog den Brief mit spitzen Fingern aus dem Eichhörnchen-Wust heraus und schrie: „Das ist ja wohl das Allerletzte!" Dann knallte sie voller Wut die Briefkastentür zu. Die Eichhörnchen ließen sich davon nicht weiter beeindrucken und Babette hörte, wie das muntere Treiben einfach weiterging.

Sie stapfte zurück ins Haus. Sie war viel zu übermüdet, um sich um Sex-besessene Eichhörnchen zu kümmern.

Zurück in ihrem Fernsehsessel widmete sich Babette ihrer Geburtstagspost. Sie war wütend, dass ihr die Kirche keine Karte geschickt hatte. „Früher haben die so etwas noch gemacht. Wenn ich Pfarrer wäre, ich würde alles ganz anders machen!", entfuhr es ihr. Babette ist keine regelmäßige Kirchgängerin. Hin und wieder aber besucht sie den Gottesdienst und denkt dabei, wie stolz ihre Mutter auf sie ist, wenn sie im Himmel sieht, dass Babette zur Andacht geht.

Absender der einzigen Geburtstagskarte, die Babette an diesem Tag erhielt, war Amthor von Donnersklöppel, der Vorsitzenden der Ortsgruppe der Neuesten Preußen. Die ehrbaren Bürger, so rechtschaffen wie Babette, sind die einzigen, die es noch für nötig halten, Babette zu gratulieren. Beim Öffnen des Briefes schnitt sie sich in den Finger. Ein Pflaster aufkleben wollte sie sich an diesem zerrütteten Vormittag nicht. „Das sollen mal schön andere machen! Schließlich ist es ja mein Geburtstag!", sagte sich Babette und wählte den Notruf, gab ihre Adresse durch und sagte, dass sie eine Handverletzung habe und Blut im Spiel sei. Dann legte sie auf, bevor es lästigen Nachfragen hätte geben können.

Eigentlich wäre es die Aufgabe ihres Sohnes Walter gewesen, sie zu verarzten, doch seit er vor zwölf Jahren Maude geheiratet hat, kann sich Babette darauf verlassen, dass er nur noch zum Kaffee an ihrem Geburtstag vorbeikommt. Wie wütend sie das macht!

Fünf Minuten später standen schon die Rettungssanitäter vor der Tür und waren ziemlich verärgert, als sie Babettes Schnittverletzung sahen. Am liebsten hätten sie ihr jede Hilfe verweigert, klebten ihr jedoch letzten Endes ein Pflaster an den Finger. Unhöflich waren sie allesamt, wie Babette fand. Keiner von ihnen gratulierte der Schwerverletzten zum Geburtstag, obwohl sie den Sanitätern mehrmals ihre Geburtsurkunde zeigte, um zu demonstrieren, dass die Sanitäter einer rechtschaffenen Landsmännin helfen dürfen.

„Ich verdiene das Pflaster auf meinem Finger. Ich bin gebürtige Staatsbürgerin!"

Doch die Rettungssanitäter verdrehten die Augen und verließen Babette ohne einen Abschiedsgruß.

Insgesamt ist es also bis jetzt ein wenig erbaulicher Geburtstag gewesen, muss Babette in ihrem Fernsehsessel feststellen. Da steht ihr Sohn mit Frau und Kind am Gartentor. Babette sprintet nach draußen und umarmt Walter, der ihr sogleich gratuliert. Doch Babette kann seine Glückwünsche kaum verstehen, da es lautstark im Briefkasten der Lüste rappelt. Sie haut mit der Faust auf den Briefkasten und brüllt: „Jetzt ist aber mal Ruhe im Karton!"

Nachdem auch Maude Babette gratuliert hat, setzt sie ihrer Schwiegermutter ein Papierhütchen auf den Kopf und grinst sie an.

„Oma, du siehst lustig aus", ruft ihr Enkel Nik, doch Babette ist sichtlich verärgert und krakeelt: „Nein, ich sehe überhaupt nicht lustig aus. Ich sehe total bescheuert aus! Nimm mir das elende Ding vom Kopf! Ich bin doch nicht vollkommen bemoost!"

Maude nimmt ihr das Hütchen ab und erntet einen bösen Blick von Babette.

Danach führt die Jubilarin ihre Gäste auf die Veranda und bittet sie, sich doch zu setzen. Dabei blickt Babette auf den Briefkasten. Die Schwanzspitze eines Eichhörnchens schaut aus dem Briefkastenschlitz hervor.

„Hattest du bisher einen schönen Geburtstag?", fragt Walter. „Wir wären schon gerne eher gekommen, aber ..."

Er kann seinen Satz nicht zu Ende bringen, denn Babette grätscht ihm dazwischen: „Ach, du bist doch verrückt, mein Sohn! Das wäre mir beim besten Willen nicht recht gewesen. Ich hatte ja so viel zu tun."

Als Geburtstagsgeschenk haben Walter und Maude einen Allergiker-freundlichen Staubsauger mitgebracht. „Schau mal, Babette", sagt Maude, „der Staubsauger hat einen Wassertank, so kann der Staub keine Niesattacken mehr auslösen!"

„Also, so einen Quatsch gab es früher nicht. Ich weiß wirklich nicht, was ich damit anfangen soll", entgegnet Babette. „Aber gut. Ich werde jetzt einmal den Tisch decken!"

Sie steht auf und platziert das gute Sonntagsgeschirr auf dem Tisch. Alles ist schön arrangiert mit Sammeltassen. Nur an Babettes Platz steht jene Kaffeetasse, die sie immer benutzt. Sie hat den Kaffeepott von ihrer

Mutter geerbt und kann nicht anders, als ihn immer wieder zu nehmen, obgleich er schon unzählige Male heruntergefallen ist und der Rand ganz zerbröckelt erscheint. Babette hat alle abgebrochenen Scherben immer wieder angeklebt und so gleicht der Kaffeepott einem wilden Mosaik. Ihr eigener Kaffee schmeckt Babette schon seit Jahren nicht mehr, da sich immer wieder Leimreste vom Rand lösen. Um den Kaffee deswegen bekömmlicher zu machen, fügt sie nach dem Brühen stets einen Esslöffel Apfelessig hinzu, da sie irgendwo gelesen hat, dass der Essig den Säure-Basen-Haushalt ins Gleichgewicht bringt und den Körper reinigt.

Walter und Maude haben schon lange Angst vor Babettes Kaffee, doch sie trauen sich nicht, dies zu äußern, um Babette nicht unnötig aufzuregen.

Jetzt bemerkt Babette, dass sie wegen des aufregenden Vormittags ganz vergessen hat, ihre Geburtstagstorte aus dem Gefrierfach zu nehmen. „Dann tun wir eben alle so, als ob wir ein Eis essen", sagt sie und schneidet eine gefrorene Schwarzwälder Kirschtorte an. Babette haut ihr Stück in kleine Teile, gabelt sie auf und tunkt sie zum Auftauen in ihren Kaffee, bevor sie sie isst. Ihre empfindlichen Zahnhälse danken es ihr. Mit der Zeit bildet sich in Babettes Tasse ein Matsch aus Kaffee und Torte, den sie zu guter Letzt auslöffelt. Walter, Maude und Nik lutschen eifrig an ihrem Tortenstück.

Babette schaut immer wieder zum Briefkasten, aus dem sie Geräusche der Sinnesfreude vernimmt, und murmelt: „Was für ein schweinisches Gesindel, so eine alberne Rasselbande." Währenddessen holt Nik ein Buch mit weißen Blättern aus seinem Rucksack und beginnt zu malen. Er zeichnet eine Kuh, die auf einem gefrorenen See Schlittschuh läuft.

Es rappelt im Briefkasten.

Babette holt einen Stock, geht zum Briefkasten und schlägt darauf ein: „Jetzt ist aber einmal gut da drinnen, ihr elenden Schweineigel!"

Dann geht sie zurück zum Tisch, schaut sich Niks Zeichnung an und schüttelt den Kopf. Sie blickt zu Maude und sagt: „Also, das schönste Geburtstagsgeschenk wäre gewesen, wenn ihr Nik endlich einmal in einem Turnverein angemeldet hättet. Körperertüchtigung braucht der Junge, und kein Malbuch. Ich will stramme junge Männer sehen!"

„Da könnte ich Nik genauso gut zu den Messdienern schicken", sagt Maude trocken.

„Dass du die Kirche immerzu verspotten musst, das regt mich echt auf!", faucht Babette zurück.

„Also, wenn du es so willst, leben wir doch Kirchen-konform", sagt Maude angriffslustig, „immerhin haben wir Nik erst ein Jahr nach unserer Hochzeit bekommen, was man von Walter so nicht behaupten kann."

Eigentlich wollte Maude das gar nicht sagen. Doch es überfiel sie einfach.

„Genau, ich bin nämlich ein Bastard, Mama!", witzelt Walter, der selten genug zu Wort kommt.

Scheiße, denkt sich Maude. Warum muss Walter weitermachen? Beide hatten sich doch vorgenommen, Babette nicht allzu sehr zu hänseln.

„Dass ihr Distelkinder damit anfangen müsst – und dazu noch vor Nik!" Babettes Stimme wird immer fuchsiger.

Nik malt weiter an seiner Kuh und bekommt das Gespräch der Erwachsenen gar nicht mehr mit. Unterdessen wird es im Briefkasten ruhiger.

„Also weißt du, was ich wirklich schon öfters festgestellt habe?", entfährt es Maude als Nächstes. Sie kann sich nicht mehr bremsen. Die Verlockung ist zu groß. „Also ich meine, wenn ich mir alte Fotos von deinem Mann anschaue, dann sehe ich keine Ähnlichkeit zwischen ihm und Walter."

Babettes Gesichtsfarbe wechselt ins Rot. Bevor sie etwas auf diese Frechheit sagen kann, verliert auch Walter seine Zurückhaltung und meldet sich erneut zu Wort. An ihrem Geburtstag hat der sonst so verschwiegene Sohn scheinbar alle Freude, seine Mutter herauszufordern:

„Da hörst du es. Ganz ehrlich, ich habe mich schon öfter gefragt, wie viele Liebhaber du vor Papa hattest und ob es da vor deiner Hochzeit Überschneidungen gab."

Maude überlegt, ob es nicht ein guter Zeitpunkt wäre, Babette zu sagen, dass sie beide den Kaffee unter aller Sau finden. Viel mehr könnten sie Babette kaum aufregen. Derweil fährt Walter fort:

„Ich meine, von den körperlichen Merkmalen sehe ich Papa überhaupt nicht ähnlich. Was bitte schön habe ich denn von meinem Vater geerbt?", fragt er spitzbübisch.

„Deinen Sack, Walter", zischt Babette, „deinen Sack und dein elendes Sackgesicht!"

Babette steht auf und geht zum Eingang ihres Grundstückes. Dort öffnet sie ihren Briefkasten und sagt dem völlig erschöpften Rudel Eichhörnchen, wie enttäuscht sie von ihnen ist.

Logbucheintrag 5: Eheglück

An einem warmen Sommertag Ende August ist Babette zum Mittagessen bei ihrem Nachbarn Waldemar und seiner Frau Waldtraut geladen und sie ist fürchterlich wütend. Eigentlich findet es Babette wichtig, dass Nachbarn zusammenhalten – gerade in der heutigen Zeit, wo draußen nur noch Egoisten unterwegs sind. Sie könnte den Besuch aber mehr genießen, wenn sie ihre Zeit allein mit Waldemar verbringen könnte, ohne seine lästige Frau, die Babette immer wieder aufs Neue auf die Palme bringt.

Babette, auf der Wohnzimmercouch mit Waldemar sitzend, versucht sich gerade mit ihrem Nachbarn zu unterhalten, als Waldtraut mit Wein und Gläsern auf einem Tablett aus der Küche hereintorkelt.

„Hase, ich habe dir schon einmal Wein gebracht! Preußische Burschentraube, den magst du doch immer so."

Auch ohne ihr immenses Übergewicht ist Waldtraut noch nie eine Schönheit gewesen, findet Babette. Waldtrauts Zähne stehen furchtbar hervor, sie riecht nach Bahnhofstoilette und hat zudem schrecklichen Mundgeruch. Das Schlimmste an Waldtraut ist aber, dass sie bedenkenlos als bauernschlau bezeichnet werden kann, was für Babette nichts weiter als ein anderes Wort für *grenzdebil* ist. Wie man ein Huhn schlachtet, weiß Waldtraut gerade noch, aber ansonsten bleibt der Zug immer eine Haltestelle vor dem Hauptbahnhof auf dem Gleis liegen, wie es Babette einmal ausgedrückt hat.

Babette und Waldemar stoßen auf dem Sofa auf einen gemütlichen Sonntag an, während Waldtraut zurück in ihre Küche wankt.

Es heißt ja immer: „Jung gefreit hat nie gereut", doch Babette hat an dieser Redewendung so ihre Zweifel. Was um alles in der Welt fängt Waldemar mit der alten Schabracke an, die den ganzen Tag nur rumsitzt, kocht und eine Spannung verbreitet wie die Helene-Fischer-Show?

„Hase, ich stelle schon einmal die Teller auf den Tisch", sagt Waldtraut vorsichtig und bringt das Geschirr aus der Küche. Babette und Waldemar schauen ihr schweigend zu.

Als Waldtraut wieder in der Küche ist, fragt Babette: „Du weißt schon, dass alte Besen nicht mehr gut kehren?" Sie erntet daraufhin einen verständnislosen Blick ihres Nachbarn. „Ach, ist ja auch egal. Waldemar, mein Lieber, erzähl doch mal, wie es bei deiner Bürgerwehr so läuft!"

„Hase, hier sind schon einmal die Klöße", kommentiert Waldtraut ihr weiteres Vorgehen und stellt eine abgedeckte Schüssel auf den Tisch. Dann verschwindet sie ein weiteres Mal.

Waldtrauts schwerfälliges und aufmerksamkeitsheischendes Wesen empfindet Babette schon als Belästigung, da sie sich mit Waldemar nicht über die wichtigen Dinge des Lebens unterhalten kann. Doch zu allem Überfluss nennt Waldtraut ihren Ehemann auch noch „Hase". Einen bescheuerteren Kosenamen hätte sie sich nicht einfallen lassen können. Aber damit stellt Waldtraut wieder einmal nur ihre Blödheit zur Schau.

Waldemar schildert Babette, dass die im Schützenverein gegründete Bürgerwehr demnächst auf Patrouille gehen solle, um rechtschaffene Bürger vor den Borasisis zu schützen. Es fehle nur noch an einer Verstärkung der Mannschaft, die neben ihm als einzigem Mitglied noch weitere Mitstreiter bräuchte. Gern hätte Waldemar Parteimitglieder der Neuesten Preußen angeworben, doch diese möchten sich nicht daran beteiligen, obwohl der Ortsvorsitzende Amthor von Donnersklöppel natürlich befürwortet, wenn Bürger das Recht in die eigene Hand nehmen. Waldemar meint, dass jetzt im Spätsommer alles noch harmlos sei, weil alle rechtschaffenen Bürger im Urlaub seien, aber spätestens im November würden die Leute wieder komisch und bräuchten Kontrolle.

„Hase, ich schneide schon einmal den Stollen an", ruft Waldtraut aus der Küche. Einen Augenblick später balanciert sie eine Platte herein, auf der Stollen und Lebkuchen liegen. Dekoriert ist alles mit Erdbeeren, Sauerkirschen und einem Berg Schlagsahne. Waldtraut stellt die Platte auf den Couchtisch.

Babette ist sauer auf Waldtraut, die immer schon etwas gegen die Bürgerwehr hatte. Nichtsdestotrotz greift sie gemeinsam mit Waldemar beherzt zu. Beide finden, dass das Weihnachtsgebäck früher besser geschmeckt habe. Ohne die Sahne kriege man Stollen und Lebkuchen in der Hitze des Spätsommers gar nicht runter.

„Hase, hier ist das Rotkraut", keucht Waldtraut, die mit einem Topf in der Tür steht und nach Luft schnappt. Ihre Körperfülle macht ihr zu schaffen. „Ich habe wie immer reichlich Speck dazugegeben und Johannisbeermarmelade reingerührt. So sollte es dir doch gefallen!" Aus der sicheren Entfernung ihres Sofas beobachten Babette und Waldemar kauend Waldtrauts Dienste.

Babette erinnert sich noch daran, als wäre es gestern gewesen, wie aufgebracht Waldtraut war, nachdem Waldemar ihr von seinem Beschluss berichtet hatte, eine Bürgerwehr im Schützenverein zu gründen. Seitdem Waldemar aus der Kirche austrat, ist es ihm ein besonderes Anliegen, die christlichen Werte zu verteidigen und sicherzustellen, dass sich alle ordentlich benehmen. Der Kirchenaustritt hatte für Waldemar keine ideologischen Gründe wie bei Babettes Schwiegertochter Maude. Er war nur überrascht gewesen, wie viel Steuern er auf seine Rente bezahlen musste, und sein Steuerberater hatte gemeint, der Kirchenaustritt sei die einzige Möglichkeit, mehr von der Rente zu haben.

„Die Kirche kriegt nichts. Nicht einmal den Dreck unter den Fingernägeln. Selbst den fresse ich lieber allein", sagte Waldemar damals zu Babette, die sonst immer befürwortet, in der Kirche zu verbleiben, und jeden verachtet, der sich gegen sie wendet. Bei Waldemar macht sie jedoch eine Ausnahme. Er ist ja sonst so ein guter und gescheiter Kerl. Auf Drängen Waldemars trat auch Waldtraut aus der Kirche aus. Alle ihre Freundinnen waren in der Kirche und Waldtraut hat sie seit ihrem Austritt nicht mehr gesehen. Sie sagte nur: „Wer A sagt, muss auch B sagen", und: „In guten wie in schlechten Zeiten." Dann war sie auch wieder lieb, kochte und aß.

Von der Idee mit der Bürgerwehr war Waldtraut aber wenig begeistert und sie mahnte ihren Mann: „Das machst du nicht!" Doch er ignorierte die Forderung seiner Frau. Waldemar marschierte schnurstracks aus dem Haus. Waldtraut wollte sich ihm in dem Weg stellen, doch ihre Leibesfülle sorgte dafür, dass sie ihn nicht mehr einholen konnte. Sie stürzte die Treppe des Hauses fast hinunter, fing sich noch und hievte sich bis zum Tor der Grundstückseinfahrt. Waldemar hatte sich mit dem Gewehr in der Hand bereits zwanzig Meter von seiner Frau entfernt. Babette war in diesem Moment in ihrem Vorgarten, um die Magnolie zu fällen, als sie Waldtraut Waldemar hinterherrufen hörte: „Hase, du bleibst hier!" Doch Hase ging in den Schützenverein.

Babette hat kein Verständnis für Waldtraut. Die Ablehnung der Bürgerwehr wird sie noch einmal das Leben kosten. Das würde Babette Waldtraut wünschen. Zwischen zwei Lebkuchen mit Sahne stellt sie sich vor, wie ein Borasisi kommt und Waldtraut einfach überrennt. Wenn das passierte, würde die übergewichtige Waldtraut einfach umfallen und nicht mehr aufstehen können. Babette fantasiert, wie Waldtraut wie ein Käfer auf dem Rücken liegt, die Beine und Arme hilflos in die Luft gestreckt. Keine der umstehenden Personen würde ihr aufhelfen können, da sie viel zu schwer ist. Sie alle müssten Zeugen werden, wie zu guter Letzt eine Horde Ameisen kommt, Waldtraut wie eine Raupe in ihren Monster-Ameisenhaufen abtransportiert und auffrisst. Ganze Imperien an Ameisenkolonien könnten sich von Waldtrauts Körperfett über Dekaden ernähren. Was für eine liebliche Vorstellung, denkt Babette.

„Hase, ich habe extra viel Speck in die Soße getan!", verkündet Waldtraut zaghaft, die eine Sauciere auf den Tisch stellt und Babette aus ihrem Tagtraum reißt. Dann sagt Waldtraut: „Hase, es geht gleich los. Ich muss nur noch die Schalen auf den Kompost bringen!"

„Bei der Gelegenheit könntest du dich gleich mit auf den Haufen schmeißen!", hätte Babette ihr beinahe hinterhergerufen. Doch Waldemar zuliebe verkneift sie sich den Kommentar. Aus dem Wohnzimmerfenster sehen Babette und Waldemar, wie Waldtraut langsam, aber sicher quer durch den Garten zum Komposthaufen wackelt.

Babette fragt sich, ob Waldtraut wirklich nur wegen ihrer Dickleibigkeit schwankt. Es ist allgemein bekannt, dass sie während Waldemars Abenden im Schützenverein in die Speisekammer geht und eine

Flasche Sekt leert. Vielleicht hat sie sich beim Kochen schon wieder einen genehmigt. Das würde zumindest erklären, warum sie nicht mit Babette und Waldemar angestoßen hat. Babettes Verachtung für Waldtraut kennt nun keine Grenzen mehr. Den ganzen Tag herumsitzen, kochen und Sekt trinken – das ist das Einzige, was Waldtraut noch kann! Wenn sie wenigstens eine richtige Droge nehmen und nicht nur Alkohol trinken würde. Gestern Abend hat Babette einen Bericht über eine neumodische Droge gesehen, die in ihrer Erinnerung Kristall-Minze heißt.

„Hase, die Rouladen kommen auch gleich", ruft Waldtraut aus der Küche. Sie scheint schneller als gedacht vom Komposthaufen zurückgekehrt zu sein.

Ja, Waldtraut wäre Babette um einiges sympathischer, wenn sie sich mit der Kristall-Minze zudröhnen würde. Dann hätte sie sicher auch einen frischeren Atem. Die Droge sorgt zudem dafür, dass den Konsumenten nach kurzer Zeit die Zähne ausfallen, und bei Waldtrauts schiefem Gebiss hätten da alle gewonnen. Babette fragt sich, wie um alles in der Welt sie an diese Kristall-Minze gelangen kann, um sie Waldtraut zu verabreichen. Da fällt ihr ein, dass ihre Hippie-Schwiegertochter Maude die Pflanze sicherlich in ihrem Schrebergarten anbaut. So verlottert, wie das Distelkind Maude ist, sollte sie alle möglichen Drogen in den Beeten haben. Babette beschließt, bei Gelegenheit Maudes Schrebergarten nach der Kristall-Minze zu durchsuchen.

Waldtraut stellt den Tiegel mit den Rouladen auf den Tisch und überschaut das im Wohnzimmer verteilte Essen. Sie sieht die Rouladen und die mit Speck angereicherte Soße, die Klöße und das mit Marmelade und Speck verfeinerte Rotkraut, den frisch angeschnittenen Stollen und die Lebkuchen, die Dekoration aus Erdbeeren und Kirschen sowie den Berg Schlagsahne.

Erschöpft setzt sich Waldtraut hin. Dann sagt sie: „Ei, das viele Essen, wo soll denn das alles nur hinführen?"

„Na, da musst du einmal in den Spiegel schauen, dann siehst du, wo das hinführt!", ruft Babette zu Waldtraut. Dann nimmt Babette Waldemar an die Hand und signalisiert ihm mit dem Glas Preußische Burschentraube in der anderen Hand, vom Sofa aufzustehen und zum Esstisch zu gehen. Unterdessen faltet Waldtraut ihre Hände zum Tischgebet.

Logbucheintrag 6: Halloween

Beim Blick auf den Kalender wird Babette ausgesprochen wütend. In genau zwei Wochen ist Halloween und sie ist maßlos empört, wie fremdländische Feiertage allmählich die hiesige Kulturlandschaft perfide umkrempeln. Nik hatte sie vor kurzem über Martin Luther aufklären wollen, doch er freute sich nur darauf, dass er am 31. Oktober als Polizist verkleidet Süßigkeiten einfordern würde.

Doch Babette weiß auch, dass sie nicht alle unliebsamen Veränderungen aufhalten kann. Zumal eine Kulturrevolution nach der anderen im Gange ist. Neulich erfuhr sie im Fernsehen, dass irgendwelche Tierschützer Eltern baten, ihre Kinder nicht als Indianer zu verkleiden, da dies die Gefühle der amerikanischen Ureinwohner verletzen könnte. Angeblich würden durch die Kostüme reale Menschen in das Reich der Märchen und Mythen verbannt und deren kulturelles Erbe entstellt – ähnlich wie die Bücher von Karl May dies fadenscheinig taten. Die Tierschützer meinten zudem, dass diese Praktik eine Form der kulturellen Aneignung sei und dass dies Menschen beleidigen könne.

Babette als große Bürgerrechtlerin ist sich ihrer Verantwortung selbstredend bewusst und sie weiß, dass sie in ihrem Betätigungsdrang rational und besonnen abwägen muss, welches Gut sie zuvorderst verteidigen und bewahren muss: das Recht sich, wie Menschen aus einer fremden Kultur anziehen zu dürfen, oder das eigene kulturelle Erbe, indem sie auf den Reformationstag aufmerksam macht?

Für Babette liegt der Fall ganz klar auf der Hand: Natürlich ist das Wichtigste, die Freiheit zu verteidigen, sich so anziehen zu können, wie man das möchte. „Ich werde mir von Menschen doch nicht vorschreiben lassen, dass ich nicht so sein und aussehen kann wie sie", ruft Babette laut.

Wenig später erzählt sie völlig begeistert Walter und Maude von ihrem Ansinnen, die Freiheiten des Landes zu verteidigen. Sie möchte, dass ihr Enkel in Zukunft alle Privilegien genießen kann, die sie auch ihr Leben lang besaß. Überdies hat sie in der Zwischenzeit eine vorzügliche Idee entwickelt, ihren Aktivismus umzusetzen: „Ich werde zu Halloween als Pocahontas verkleidet um die Häuser ziehen und mich unter das Volk mischen. Und du, Walter, kommst mit – als John Smith verkleidet!"

Doch Walter lehnt ab: „Das möchte ich wirklich nicht machen. Das würde sich so anfühlen, als ob ich Inzest bewerbe."

Auch Maude äußert sich wenig erfreut über Babettes Idee: „Du machst dich lächerlich. Und du kämpfst für eine Sache, die lächerlich ist. Was meinst du, wie es Nik ergehen würde, wenn er heute als Indianer herumläuft, später in Amerika studiert und dort zu einem Ureinwohner sagt: ‚Hey, früher habe ich mich als du verkleidet!'? Kannst du verstehen, dass das

48

vielleicht nicht ganz so gut ankommt und er sich dann schämt?"

Doch Babette versteht nicht. Sie raunzt Maude an: „Du wirst noch einmal an mich denken, wenn du in Vollverschleierung herumlaufen musst!"

Maude schüttelt den Kopf. „Dir wäre es bestimmt lieb gewesen, wenn der Ehemann von Nietzsches Schwester in Lateinamerika Erfolg gehabt hätte?", fragt sie nach einer kurzen Pause und schaut Babette bezwingend an.

„Darauf kannst du dich verlassen", entgegnet diese schnippisch. Dabei weiß Babette noch nicht einmal, was Maude, die studierte Philosophin und Anthropologin, überhaupt meint. „Dass das nicht geklappt hat, das hat mir so gar nicht imponiert!"

„Du weißt, dass die Illuminaten es waren, die das Ganze vereitelt haben?", fragt Maude weiter.

„Was sollen die Illuminaten denn damit zu tun haben?" Babette schaut ungläubig.

„Die werden schon ihre Gründe haben!", sagt Maude in einem selbstsicheren Ton. Ihr Gesicht zeigt keine Mimik.

„Na, da hast du dieses Mal vielleicht sogar Recht!", antwortet Babette.

Einige Tage darauf, am 31. Oktober, macht sich Maude abends gerade die Haare, als es klingelt. Sie öffnet die Haustür und in der Tat steht Babette vor ihr in einem Pocahontas-Outfit. Babette trägt einen kurzen

Lederrock und ein Lederhemd, an ihren Füßen befinden sich Mokassins. Zudem hat sie sich Traumfänger-Ohrringe angelegt und an ihrem Hals baumelt eine Perlenkette, an der Federn mit Klebeband befestigt sind. Einen Ledergürtel hat Babette zweckentfremdet und nutzt ihn als Stirnband, in dem ebenfalls Federn stecken – gelbe, rote und schwarze. In denselben Farben hat sich Babette unter ihren Augen mit Schminke Striche gezogen, die eine Kriegsbemalung darstellen sollen. In der einen Hand hält sie einen ausgehöhlten Kürbis mit einer Schlaufe, den sie für das Sammeln von Süßigkeiten nutzen möchte. Mit der anderen Hand zieht Babette einen Schildkrötenpanzer hinter sich her, den ihr Vater einst von einer Reise mitbrachte und an den sie Rollen geklebt hat. Babette hatte irgendwann gelesen, dass eine Schildkröte irgendwie irgendetwas mit der Schöpfungsgeschichte der Indianer zu tun hat, und das macht doch ihre Aufmachung um einiges authentischer.

„Na, wie sehe ich aus?", fragt Pocahontas voller Stolz.

Maude kann es nicht fassen. Vor Schreck rollen ihr die Lockenwickler aus den Haaren.

„Wie eine Squaw auf der Restefickrampe", antwortet Maude. „Wie eine Squaw auf der Restefickrampe!"

Doch Babette überhört die Kritik und fragt, ob nicht wenigstens Nik in seinem Polizei-Kostüm sie begleiten möchte.

„Das geht leider nicht“, entgegnet Maude, „Nik hat aus irgendwelchen Gründen auf dem Heimweg von der Schule einen großen Haufen Hundedreck gegessen und liegt nun mit Bauchschmerzen im Bett.“

„Na gut“, sagt Babette, sichtlich enttäuscht, „dann muss ich eben allein für Niks Zukunft kämpfen! Auf bald, mein liebes Distelkind!“

Noch ehe die Haustür ins Schloss fällt, kann man eine Stimme aus dem Kinderzimmer hören, die da fragt: „Ist die Oma endlich weg? Die ist voll peinlich!“

Doch auch dies dringt nicht mehr zu Babette durch. Sie ist vollkommen darauf konzentriert, den Kampf der Gerechten zu kämpfen.

„Die Zeit ist gekommen. Jetzt geht's um alles! Mögen die Spiele beginnen!“, schreit Babette und rennt in ihrem Pocahontas-Kostüm auf der Straße in die dunkle Nacht hinein. Die epische Schlacht um die Rechtschaffenheit und Ausdrucksfreiheit hat soeben begonnen.

„Für die Verteidigung unserer Freiheiten! Ich bin eure Pocahontas. Gebt mir Süßes, oder ihr kriegt Saures!“ Mit diesem Ausruf rauscht Babette in ihrem Outfit durch die Straßen und verlangt von den Passanten Süßigkeiten.

„Ich sammle Süßes für meinen Enkel, als freie Bürgerin mit freier Kostümwahl!“

Die meisten der umherziehenden Menschen wechseln bei Babettes Herannahen die Straßenseite, da sie es mit der Angst zu tun bekommen. Ein Paar winkt freundlich ab und einige kostümierte Kinder schmeißen ein paar Bonbons in Babettes Kürbis, weil sie Mitleid mit der einsamen und verwirrten alten Frau haben, die sich keine ordentlichen Kleider mehr leisten kann. Zwischenzeitlich sagt ein Mann zu seiner Frau: „Das machen also die mickrigen Renten mit alten Leuten!", und ein Obdachloser ruft Babette zu: „Geh doch zur Tafel, wenn du Essen brauchst!"

Babette schreit zurück: „Ich mache das hier doch nur für meinen Enkel, damit er später einmal stolz auf mich ist und sagen kann, dass wenigstens die Oma gehandelt hat. Und abgesehen davon würde ich niemals zur Tafel gehen. Da sind mir zu viele Borasisis!"

Andere Passanten sind bei Babettes Anblick ziemlich verwirrt. Für einen Moment glauben sie aufgrund der Farben ihrer Federn und der Kriegsbemalung, dass dieses Jahr schon wieder die Fußball-Weltmeisterschaft in einem Wüstenstaat stattfindet und demzufolge die ersten Spiele der Gruppenphase im Spätherbst ausgetragen werden. Konfus schauen sie sich nach einem Public-Viewing-Platz um, zu dem Babette marschieren könnte.

Auch Babettes Nachbar Waldemar, der als Ein-Mann-Bürgerwehr gerade Patrouille geht, sieht Babette auf der Straße und ist ziemlich verstört, sie in dieser Aufmachung zu sehen. Babette erklärt ihm jedoch quietschvergnügt, dass sie für die rechte Sache kämpfe, während ein junger Mann im Batman-Kostüm Babette in den Kürbis kotzt.

Aber das alles tut nichts zur Sache. Babette weiß, dass sie heute Nacht ruhig schlafen können wird, da sie nun dessen gewiss ist, mit ihrem Auftritt soeben zweifelsohne das Abendland gerettet zu haben.

Logbucheintrag 7: Bundesverdienstkreuz

An einem kalten Wintertag stiefelt Babette mit einem Handwagen um vier Uhr morgens völlig übermüdet durch den Stadtpark, und ist hochgradig wütend. In der Nacht hat es etwas Neuschnee gegeben und so hat Babette alle Mühe, ihren Handwagen durch den Schnee zu ziehen, um ihren ausgetüftelten Plan in die Tat umzusetzen.

Babette hat neulich Pfandflaschensammler im Park umhereilen sehen, die die Mülleimer durchsuchen, und diese Beschäftigung empfand Babette als ungemein würdelos. Daher hat sie beschlossen, immer morgens vor Sonnenaufgang mit einer Taschenlampe die Mülleimer selbst nach Pfandflaschen zu durchforsten, damit die Sammler keinen Erfolg mehr haben und den Stadtpark nicht mehr mit ihrem Anblick verhunnepiepeln. Überdies hat Babette die Hoffnung, dass die Bettler, wenn sie ihnen das lukrative Pfandflaschengeschäft vermiest, sich endlich wieder einen vernünftigen Broterwerb suchen.

Babette stapft also wie auch an den vergangenen Morgen durch den Schnee. Leicht vibriert ihr Brustkorb von einem dumpfen Beat, dessen Herkunft sich ihr nicht erschließt.

Das heutige Los, das die unausgeschlafene Babette gezogen hat, trifft sie besonders hart, denn ihr Handwagen ist ungemein schwer. Aus gutem Grund: Am Vortag musste sie nachmittags im Park Zeuge werden, wie Jugendliche auf dem Teich Schlittschuh liefen, obwohl dies verboten ist. Babette rief den Heranwachsenden zu: „He, das dürft ihr nicht!", doch die Halbstarken schrien nur zurück: „Halt's Maul, Alte, du hast uns gar nichts zu sagen!" Das machte Babette unglaublich wütend.

Der Beat wird immer lauter. Irgendetwas nähert sich ihr.

Wegen dieser frechen Plagen ist Babette genötigt, mitten in der Nacht einen Sack Pflastersteine auf ihrem Handwagen hinter sich herzuziehen. Nach der Mülleimerinspektion hat sie sich vorgenommen, vom Ufer des Teiches die Pflastersteine auf das Eis zu werfen, um es brüchig zu machen. Dann würde sie heute Nachmittag gegen vierzehn Uhr rauchend auf einer Parkbank sitzen, um die verzogenen Gören zu beobachten. Wenn das Eis unter ihnen zerbricht und sie ins kalte Nass schlittern, würde Babette sich erheben und laut zu den Rotznasen plärren: „Ich hab's euch ja gesagt!"

Vorbereitung ist halt alles.

All diese Aktionen sind natürlich ungemein aufwändig und kosten Zeit und Energie. Babette hätte nie gedacht, dass ihr Rentnerdasein so aufregend und durchgetaktet sein würde. Sie hat für nichts und niemanden Zeit und muss nun sogar völlig übernächtigt ihren Geschäften nachgehen.

Babettes Brustkorb erbebt immer stärker unter dem Beat. Aus der Ferne hört sie eine Männerstimme, die in Fremdländisch singt: „No hay nadie como tú."

Babette leuchtet mit ihrer Taschenlampe in den nächsten Mülleimer und bemerkt, wie einige Meter entfernt eine Kaninchenfamilie sie auslacht. „Solltet ihr nicht Winterschlaf halten?", fährt sie das kleine Rudel an. Dann dreht sie sich um und sieht den Mitarbeiter des Winterdienstes. Dieser tanzt zusammen mit ein paar Echsenmenschen, die Zylinder und Monokel tragen, zum harten Beat eines Reggaeton-Liedes Ballett. Dabei lassen sie den Schotter des Streuguts wie Konfetti auf sich regnen.

„No hay nadie como tú mi amor, no hay nadie como tú", tönt es plötzlich von überall.

Babette hat schon immer geahnt, dass es Echsenmenschen geben muss, schließlich steckt in dem Wort *existieren* ja auch irgendwie das Wort *Echse*. So oder so ähnlich.

Die Kaninchen kriegen sich nicht mehr ein vor Lachen.

Gegen sieben Uhr hat Babette wie geplant alle Mülleimer durchforstet und im Anschluss für das Spektakel am Nachmittag ihre Pflastersteine auf das Eis des Teiches geschmissen. Nun verfrachtet sie das Leergut in ihr Auto. Langsam beginnt es immer stärker zu schneien. Babette beschließt, doch noch einmal kurz am Bahnhof vorbeizufahren und dort ihre Leergut-Säuberungsaktion fortzusetzen. Sie hat jüngst im

Fernsehen gesehen, dass es neben Pfandflaschen sammelnden Obdachlosen auch eine Leergut-Mafia gibt. Indem Babette vor dem Hauptbetrieb alle Pfandflaschen einsammelt, wird sie im Alleingang dem internationalen organisierten Verbrechen ein Schnippchen schlagen. Babette stellt sich vor, wie sie dafür das Bundesverdienstkreuz überreicht bekommt. Dafür nimmt sie den Schlafmangel und den Spott, den sie für ihr Vorhaben bereits geerntet hat, liebend gern in Kauf!

Noch am Vorabend ihres Parkbesuchs erzählte Babette ihrem Sohn Walter und seiner Frau Maude von ihrem Plan, auf diese Weise die organisierte Kriminalität zu bekämpfen.

„Ich tue etwas Gutes für die Gemeinschaft!", erklärte sie beiden mit strahlenden Augen.

Doch Maude zeigte wenig Begeisterung für Babettes Ansinnen: „Nein, das ist nicht gut für die Gemeinschaft. Das ist einfach wieder einmal so eine fixe Idee von dir wie vor gut zwei Wochen, als du nach Weihnachten den hiesigen Karpfenteich unter Strom gesetzt hast, um den Fischern bei der Schlachtung aller bestellten Silvesterkarpfen zu helfen. Du wolltest bei der Abholung des frischen Fisches nicht so lange warten wie das Jahr davor und meintest: ‚Wenn die die Fische nicht erst schlachten müssen, geht's schneller.' Und dafür hast du dir eine Anzeige eingehandelt. Erinnerst du dich?"

Auf Maudes Bedenken kann Babette allerdings verzichten. Sie kramt eine große IKEA-Plastiktüte hervor und betritt die Bahnhofshalle. Keine fünf Minuten nachdem Babette angefangen hat, die Mülleimer des Bahnhofes zu durchstöbern, treten zwei Männer vom Wachdienst des Bahnunternehmens an sie heran und sprechen ihr ein Hausverbot aus. Die Fahrgäste würden sich von Babettes Anblick gestört fühlen und wenn sie noch einmal im Müll wühle, bekomme sie eine Anzeige wegen Hausfriedensbruchs. Zudem habe über Nacht die Reinigung alle Mülleimer geleert und es gebe eh nichts zu holen.

Babette wird wütend: „Ich mache das doch nur, damit keine Penner und Verbrecher das Pfand klauen!"

„Aber Sie machen doch nichts anderes!", stellt einer der Sicherheitsmänner verwundert fest.

„Na, bei mir ist das doch etwas vollkommen anderes!" Babette schlägt mit der Faust gegen den Mülleimer.

Uneinsichtig, wie Sicherheitsleute sind, begleiten die Männer Babette aus dem Bahnhof. Wütend fährt sie zum Supermarkt, um ihr Leergut zu Geld zu machen. Dort angekommen, wuchtet sie im wilden Schneetreiben den Handwagen aus ihrem SUV und legt darauf ihr gesamtes Leergut in Tüten verpackt ab. Dabei sieht sie ein paar Jugendliche, wie sie unter dem Vordach des Supermarktes aus einer Großpackung illegale Silvesterböller anzünden, die mit einer immensen Sprengkraft schrecklich laut explodieren. Über den Parkplatz faucht Babette: „Silvester ist längst vorbei, ihr Distelkinder!"

Als sie mit ihrem Handwagen in den Supermarkt einfahren will, schmeißt einer der Jugendlichen einen Böller unter den Wagen. Es knallt gewaltig und Babette verliert vor Schreck fast das Gleichgewicht. Unter dem Druck der Explosion wird der Wagen für einen Augenblick in die Luft gehoben. Zum Glück geht er nicht kaputt.

„Was seid ihr denn für widerliches Gesindel? Müsstet ihr nicht in der Schule sein, ihr Strolche? Es ist neun Uhr morgens", wütet Babette.

Doch die Jugendlichen lachen nur.

Denen wird das Lachen noch vergehen, denkt sich Babette. Sie hofft, dass die Tagediebe nachher Schlittschuh laufen werden.

Der Leergutautomat findet sich kurz nach dem Eingang des Supermarktes. Zu allem Überfluss steht eine Traube von Bettlern davor, die wie Babette ihr gesammeltes Leergut abgeben wollen. Sie muss fast eine halbe Stunde warten, bis sie dran ist. Eine Zumutung für Babette, die fest davon ausgegangen ist, dass sie seit ein paar Tagen die einzige Person in der Stadt ist, die Pfandflaschen sammelt. Sollte sie irgendwelche Mülleimer übersehen haben?

Als Babette endlich an der Reihe ist, steckt sie sogleich die ersten Flaschen in den Automaten. Bei der dritten Flasche erscheint auf dem Display der Hinweis, dass der Automat die Flasche nicht erkennt.

„Was ist denn jetzt schon wieder Mode?", fragt Babette laut. Sie hämmert auf den Knopf neben dem Automaten, um Hilfe zu holen. Durch den Supermarkt hallt eine Männerstimme: „Bitte ein Mitarbeiter an den Leergutautomaten!"

Doch es kommt niemand.

Babette drückt wieder und wieder auf den Knopf und schreit wütend: „Was soll denn dieser lächerliche Unfug? Geh jetzt endlich, du Scheißding!"

„Bitte ein Mitarbeiter an den Leergutautomaten!"

Babette beschließt, sich von ihrem Vorhaben, die Pfandflaschen abzugeben, nicht abbringen zu lassen, und so stopft sie eine nach der anderen in den Leergutautomaten. Doch dessen Förderband legt den Rückwärtsgang ein und alle eingeschobenen Flaschen kommen wieder zurück und fallen aus der Öffnung. Auf dem Display des Automaten erscheint nun die Mitteilung „Annahme gesperrt!". Wie besessen drückt Babette immer wieder auf den Knopf neben dem Automaten.

„Bitte ein Mitarbeiter an den Leergutautomaten!" „Bitte ein Mitarbeiter an den Leergutautomaten!" „Bitte ein Mitarbeiter an den Leergutautomaten!"

„Lumpenpack, komm endlich her!", krakeelt Babette. Übermüdet, wie sie ist, hat sie keine Nerven mehr für irgendetwas.

Sie lässt alles stehen und liegen, eilt nach draußen, nimmt den Jugendlichen ihre Großpackung Böller weg, rennt zurück in den Supermarkt, zündet ein paar von den Böllern gleich in der Packung an und schmeißt im Anschluss die gesamte Box in den Leergutautomaten.

„Bitte ein Mitarbeiter an den Leergutautom...“

Als Babette am späten Abend von der Polizeiwache nach Hause kommt, ist sie vollkommen fertig. Traurig ist sie, da sie es durch den Zwischenfall nicht geschafft hat, nachmittags die Jugendlichen beim Schlittschuhlaufen zu beobachten. Die Nacht wird sicherlich eiskalt und der Teich wieder vollständig überfrieren. Doch Erschöpfung macht auch gelassen und Babette vergegenwärtigt sich ihr großes Ziel. Routiniert sagt sie laut vor sich hin: „Na ja, morgen ist ja auch noch ein Tag.“ Dann geht sie runter in den Keller und fördert ein paar neue Pflastersteine zu Tage.

Logbucheintrag 8: Korruption

Babette besucht gerade Maude, die in ihrem Home-office immens gestresst vor sich hin werkelt, und ist in jeder Hinsicht wütend. Schließlich kommentiert sie die Lage:

„So weit ist es doch nur gekommen, weil du einfach ein faules Distelkind bist und gemütlich von zu Hause aus arbeiten wolltest. Dir ging es doch nur darum, mehr Freizeit zu haben, und jetzt hast du festgestellt, dass du dich nicht organisieren kannst! Ich wusste schon immer, dass du gerne ausschläfst und am liebsten nur das Notwendigste machst. Das sehe ich ja immer wieder, wenn ich dich besuche. In deinem Vorgarten ist ein Kübel mit Blumen ganz verwelkt und du hast sie bis jetzt nicht abgeschnitten. Dir scheint Ordnung einfach nicht wichtig zu sein."

Maude holt tief Luft und überlegt, wie sie auf diese Frechheit reagieren soll. Heute wird sie es noch einmal mit Verständnis versuchen.

„Das Homeoffice ließ sich nicht vermeiden. Es ging ja nicht nur um meine Gesundheit, sondern auch um das Wohlergehen deines Enkels!"

Doch Babette lässt sich so einfach nicht überzeugen. Sie beäugt Maude noch einmal kritisch, dann sagt sie dazu: „Na, ob das so stimmt?"

Maude arbeitet als Lehrerin an einer Gesamtschule, in der Nik die fünfte Klasse besucht. Maude selbst unterrichtet Ethik im beruflichen Gymnasium. Nik sieht seine Mutter also nicht im Klassenzimmer. Jedoch ist der Weg zum riesigen Schulgebäudekomplex, der in den 70er Jahren brutalistisch erbaut wurde, derselbe und daher kann Maude ihren Sohn immer mit dem Auto zur Schule bringen.

Dies ist allerdings seit zwei Wochen passé, da Maude und Nik zu Hause sind. Beide wurden ins Homeoffice verbannt. Das gesamte Schulgebäude muss saniert werden und solange die Bauarbeiten andauern, dürfen weder Lehrer noch Schüler die Schule betreten.

Maude hatte schon immer die Luft im Schulgebäude als sehr staubig empfunden. Als in den Sommerferien des vergangenen Jahres die Schindeln des Daches mit Hochdruckstrahlen gereinigt wurden und dabei alle Fenster geöffnet waren, stellte Maude verdächtig viele Staubablagerungen in der gesamten Schule fest: auf Tischen und Stühlen, auf der Ablage an der Schultafel, auf den Tastaturen der Schulcomputer – einfach überall. Deswegen machte sich Maude große Sorgen. Beinahe beiläufig erfuhr sie vom Hausmeister der Schule, dass die Staubablagerungen vielleicht vom Dach kämen, das in den 70er Jahren mit Asbestzement gebaut wurde. Die Reinigung habe unter Umständen Teile des Zements freigesetzt, der nun im ganzen Schulgebäude sein Unwesen treibe.

Wie von der Tarantel gestochen, informierte Maude die Arbeitsschutzbehörde und machte im Bauamt Dampf. Doch die Angestellten meinten, sie seien nicht für Folgen von Reinigungsarbeiten zuständig. Maude konnte jedoch ihr Bauchgefühl nicht ignorieren, das ihr deutlich sagte, dass irgendetwas nicht in Ordnung sei. Nachdem sie ein halbes Jahr lang immer wieder aufs Neue den Behörden erklärt hatte, dass sie an keinem Putzzwang leide, kam schließlich ein Gutachter vorbei. Dessen Raumluftmessung hatte ein fatales Ergebnis: In allen Räumen der Schule konnte eine erhöhte Konzentration von Asbestfasern festgestellt werden. Ehe sich jemand versah, wurde Mitte März die Schule geschlossen und alle waren von heute auf morgen im Homeoffice, da die Stadtverwaltung keine Antragsformulare für die Nutzung anderer öffentlicher Gebäude als Schulgebäude vorrätig hatte.

Jetzt muss Maude über Fernunterricht den Schulbetrieb am Laufen halten, während Nik selbstständig Aufgaben seiner Lehrer lösen soll. Maude steht kurz vor einem Nervenzusammenbruch. Um ihre Augen hat sich bereits die Haut schattig verfärbt, da sie von früh bis spät Aufgabenpakete erstellt, Arbeiten korrigiert und zudem Nik dazu animieren muss, sein Pensum zu erfüllen. Da Niks Mathe-, Deutsch-, Biologie-, Geografie-, Geschichts-, Englisch- und Kunsterziehungslehrer allesamt Alkoholiker sind und sich bei ihnen Überforderung breitmacht, die gelösten Aufgaben ihrer Schüler zu korrigieren, ist Maude kurzerhand zur Privatlehrerin von Nik mutiert. Sie kümmert sich darum, dass er jeden Morgen pünktlich aufsteht, etwas isst, duscht und sich dann an die Schulaufgaben setzt. Walter ist den ganzen Tag in seinem Heimelektronikgeschäft und kann Maude nur am späten Abend unterstützen. Sie ist absolut fertig. So hatte sie sich die Aufgabenverteilung in der Ehe nicht vorgestellt.

Babette, als kritischste aller messerscharfen Denkerinnen des 21. Jahrhunderts, hat die ganze Situation natürlich sofort durchschaut. Sie ärgert sich ungemein über Maude, die einfach viel zu leichtgläubig und übervorsichtig ist. Das war sie schon immer. Mit dieser Aktion aber, die die Schließung der Schule zur Folge hatte, hat sie sich selbst übertroffen.

„Weißt du, meine liebe Maude", erklärt Babette, „in der Schule ist einfach nur Luft. Die ganzen Fasern, von denen du sprichst und die angeblich existieren, sind unsichtbar und dass es bei vielen Schülern zu viel Dreck kommt, ist doch nicht verwunderlich. Eigentlich müsste in der Schule noch viel mehr Schmutz sein bei dem ständigen Begängnis. Das ist alles kein Grund, die ganze Schule zu schließen. Du machst dir einen Kopf um eine Sache, die niemand wirklich gesehen hat. Ich sage dir: Der Gutachter vom Bauamt hat in seinen Untersuchungen geschwindelt."

„Warum sollte er so etwas tun?", fragt Maude entgeistert.

„Ganz einfach: Irgendjemand profitiert von der ganzen Sache! Ich weiß nur noch nicht, wer es ist. Aber das werde ich herausfinden und dann sage ich dir, dass dir jemand ein ganz faules Ei ins Nest gelegt hat!"

Und so kommt es, dass sich in diesem feierlichen Moment Babette in eine Detektivin verwandelt.

Als unsere Protagonistin wieder zu Hause ist, nimmt sie sogleich ihre Arbeit als neugeborene Sherline Holmes auf und begibt sich auf Spurensuche. Sie greift zum Telefonhörer und ruft Amthor von Donnersklöppel an, den Ortsvorsitzenden der Neuesten Preußen, und beschreibt ihm die Lage. Keine zwei Minuten später meint Amthor von Donnersklöppel, dass Sherline Holmes tatsächlich einer wichtigen Sache auf der Spur sei, und bittet sie in sein Büro.

In den von Donnersklöppel'chen Räumlichkeiten sitzend, betont Sherline Holmes noch einmal: „Also, angeblich ist die Luft in der Schule verpestet und alle renovieren wie verrückt, aber ich glaube, das stimmt so nicht. Ich kann mir das gar nicht vorstellen, dass ein bisschen unsichtbarer Asbest schaden kann – falls der überhaupt in der Luft ist. Ich habe da so meine Zweifel."

„Solche besorgniserregenden Berichte sind mir nichts Neues", sagt daraufhin Amthor von Donnersklöppel, der Sherline Holmes einen Kaffee einschenkt und sie bittet, sich als freie Bürgerin in einem freien Land eine Zigarette in seinem Büro anzuzünden. „Es gibt unglaublich viele Verschwörungen, die alle den Leuten weismachen wollen, dass es irgendwo schädliche Substanzen gibt, die giftig sind. Der Witz ist nur, dass es immer um Substanzen geht, die niemand sehen kann."

„Ich verstehe", sagt Sherline Holmes. „Und was ist mit den Chemikalien, die aus Flugzeugen versprüht werden?"

„Na, das ist wahr!"

„Habe ich's mir doch gedacht!"

„Bei dem Asbest geht es um etwas ganz anderes", stellt Amthor von Donnersklöppel klar. „Glauben Sie mir, ich weiß, wovon ich rede. Neben meiner Tätigkeit als Versicherungsmakler konnte ich privat ein paar Immobilien erwerben und daher ist mir bekannt, dass es hier unglaublich viele Regelungen und Auflagen gibt. Gierige Baufirmen wollen doch nur Gebäude sanieren. Daher erzählen uns die Politiker immer wieder neue Märchen. Die Politiker sind allesamt nichts weiter als Marionetten der Firmen, die das schnelle Geld machen wollen."

Sherline Holmes hätte nie gedacht, dass ihre geistreiche Detektivarbeit derart schnell solch außerordentliche Früchte tragen würde. Es ist schon erstaunlich, wie sie mit der richtigen Einstellung in kürzester Zeit eine Lösung des Rätsels gefunden hat.

„Dagegen müssen wir sofort etwas unternehmen!", ruft sie ganz aufgeregt.

„Ich fürchte, da sind mir die Hände gebunden. Die Eliten unterdrücken uns und solange wir nicht frei agieren dürfen, können wir nichts machen."

„Was halten Sie davon, wenn wir den Asbest einfach an Menschen testen und damit beweisen, dass alle Informationen falsch sind?", schlägt Sherline Holmes vor.

„Das klingt wirklich vernünftig, aber die hiesige Obrigkeit wird solchen Tests nicht zustimmen!", gibt Amthor von Donnersklöppel zu bedenken. „Sollte, was ich mir beim besten Willen nicht vorstellen kann, Asbest wirklich gesundheitsgefährdend sein, würde dies heißen, wir spielten mit dem Leben unschuldiger Menschen. Alle Annahmen, dass Asbest gefährlich ist, sind natürlich aus der Luft gegriffen, aber Sie wissen ja, wie die Medien – oder wie ich sie nenne: die Wortverdreher – so sind."

„Natürlich weiß ich das", versichert ihm Sherline Holmes im Flüsterton. Sie ist sich nicht sicher, ob sie nicht belauscht werden. Dann fragt sie: „Und was halten Sie davon, wenn wir den Asbest einfach an den Borasisis testen?"

„Auch das können wir nicht machen", meint Amthor von Donnersklöppel, „denn ich sehe hier zwei Probleme: Zum einen sähe dies vielleicht so aus, als ob Asbest tatsächlich gefährlich wäre, wenn wir ihn nur an den Borasisis und keinen rechtschaffenen Bürgern testen würden, und zum anderen bringt es letztlich nichts, sich damit weiter zu beschäftigen. Die Leute interessieren sich gar nicht dafür, wie sehr sie zum Narren gehalten werden. Am Ende geht es nicht darum, was richtig und was falsch ist. Es geht darum, was relevant ist. Und relevant ist derzeit, das Beste für sich selbst herauszuholen und sein Leben zu schützen."

Sherline Holmes verlässt das Büro Amthor von Donnersklöppels mit dem Schutzschild einer frisch unterzeichneten Lebensversicherung. In der Eile der Vertragsunterzeichnung hat sie das Kleingedruckte nicht gelesen, in dem stand, dass binnen vierundzwanzig Stunden nach ihrem Ableben die Erben sich bei der Versicherung melden müssen, um eine Auszahlung der Leistungen zu erwirken, sonst verfalle das gesamte Guthaben. Überdies versprach Sherline Holmes Amthor von Donnersklöppel, niemandem in ihrer Verwandtschaft etwas von der Versicherung zu erzählen, damit es keine Neider gibt.

Wieder zu Hause angekommen, ist unsere Protagonistin sichtlich deprimiert. Was für eine Niederlage es doch ist, die Wahrheit herausgefunden zu haben, von der aber alle in ihrer Verblendung nichts hören wollen! Der Zauber ihrer Detektivarbeit ist erloschen. Doch sie wird nicht aufgeben!

„Es hilft alles nichts", sagt sich Babette. „Dann werde ich eben allein gegen alle Ungerechtigkeiten kämpfen!"

Energisch läuft sie in ihrer Wohnung auf und ab. Sie hat keine Ahnung, wie sie dieses neue Rätsel lösen soll. Wie kann sie am besten Menschen von ihrer Realitätsverleugnung heilen?

Wie immer, wenn Babette aufgebracht ist, beschließt sie, ihren Keller aufzuräumen. Das ist die Tätigkeit, bei der sie den Kopf frei bekommt. Babettes Keller gleicht einer Mülldeponie und es würde Tage dauern, bis er einmal von dem ganzen Durcheinander befreit sein würde. Bis jetzt ist sie stets nur zu wenigen Handgriffen gekommen, da sie immer so viel anderes zu tun hat. Babette weiß aber, dass sie es dieses Mal schaffen muss, sonst würde auch sie eines Tages ihre Blumen im Vorgarten verkümmern lassen wie Maude.

Doch auch heute kommt Babette mit ihrer Aufräumaktion nicht weit, denn wie von Geisterhand geführt entdeckt sie nach wenigen Minuten des Aufräumens in den Trümmern eine Fünf-Kilo-Packung Fliesenkleber aus den 70er Jahren. Sie hat gar nicht mehr gewusst, dass sie so etwas besitzt. Auf der Packung steht geschrieben, dass der Mörtel Asbest enthält.

„Das ist der Beweis!", entfährt es Babette voller Freude. „In dem Fliesenkleber meines Bades ist Asbest und mir hat er auch nicht geschadet! Ich selbst bin die Auserwählte, der lebendige Beweis für die Unschädlichkeit von Asbest! Viel mehr noch! Der Asbest hat mich gegen Schadstoffe vielleicht sogar abgehärtet. Das ist doch alles wie mit dem Impf-Irrsinn! Jeder muss das Recht haben, alle Krankheiten durchzustehen. Das macht stark. Ich kann der Welt jetzt beweisen, dass alle komplett falsch liegen!"

Babette wuchtet sogleich sich selbst und den Klebemörtel in die Küche und verteilt ihn auf kleine, handliche Plastiktütchen. Dann macht sie sich auf zu ihrem Enkel Nik. Sie hat Großes vor.

Maude ist dankbar, dass Babette mit ihrem Sohn eine Runde *Mensch ärgere dich nicht* spielen möchte. So kann sie in Ruhe ein paar Schularbeiten korrigieren. Als Maude aus dem Wohnzimmer gegangen ist, schaut Babette ihren Enkel prüfend an und fragt ihn:

„Sag mal, Nik, du möchtest doch wieder in die Schule und dort deine Freunde wiedersehen?"

Nik nickt.

„Schau einmal her, ich habe da etwas Feines für dich!", sagt Babette und zieht ein Tütchen mit Klebemörtel aus ihrer Tasche. Nik schaut seine Oma fragend an.

„Pass auf, Nik!", leitet Babette ihren Enkel an. „Du nimmst etwas Pulver auf deine Hand und schnupfst es dir in die Nase! Zieh es einfach hoch! Mit aller Kraft! Mach es so wie in den Filmen, die deine Mutti hin und wieder sieht. Du weißt schon, die Filme, in denen alle wie bekloppt koksen."

„Aber, Oma, warum soll ich das machen?"

„Na, da ist Asbest drin. Das ist das gleiche Zeug wie das in deiner Schule, weswegen du die vielen Aufgaben zu Hause erledigen musst. Nik, horche einmal her! Du schnupfst ein bisschen Asbest und sollte da wirklich etwas Gefährliches drin sein, bist du abgehärtet und der Asbest kann dir nichts mehr anhaben."

Auf einmal steht Maude in der Tür des Wohnzimmers. Adern treten aus dem Weiß ihrer Augen hervor.

„Habe ich eben Asbest gehört?", schreit sie in Rage. „Leg sofort das Zeug da weg! Nik, komm her! Sag mal, Babette, bist du denn vollkommen bescheuert?"

Babette kann es nicht fassen, dass Maude ihr in ihrer übertriebenen Vorsicht wieder einmal dazwischenfunkt und verhindert, dass sich Babette ordentlich um ihren Enkel kümmern kann.

„Jetzt lass mich doch einmal das gute Kind durchimmunisieren!", keift Babette.

Doch Maudes Nerven liegen völlig blank und sie schmeißt Babette einfach aus der Wohnung. Als die Tür ins Schloss fällt, schreit Babette: „Ich habe es doch nur gut gemeint!"

Babette steht vor der verschlossenen Haustür. Sie weigert sich abzuzischen. Im Kreis läuft sie um den Kübel mit den vertrockneten Blumen und flucht ununterbrochen. Dann gewinnt sie allmählich ihre Fassung zurück.

Schließlich klingelt Babette noch einmal so lange Sturm, bis Maude die Tür öffnet.

„Was?", schreit Maude sie an.

Babette grinst und trällert: „In mein Nest kommt nur Asbest!" Dann lacht sie hämisch, hüpft behände in ihren SUV und fährt kichernd von dannen, ehe Maude noch irgendetwas auf diesen Spruch erwidern kann.

Auf dem Weg nach Hause kommt Babette an der Schule vorbei, aus der Bauarbeiter mit Schutzanzügen und Masken heraustreten. Babette lässt ihre Scheibe herunter und schreit zu den Bauarbeitern: „Ihr Idioten lasst euch Maulkörbe anlegen! Wenn ihr die letzten Jahre ordentlich gearbeitet hättet, dann müsste euch der ganze Dreck doch gar nichts mehr anhaben können. Ihr seid doch alle absolut verweichlicht und viel zu leicht zu manipulieren!"

Zu Hause angekommen schreibt Babette in der Gewissheit, dass von ihren Erkenntnissen ganze Generationen profitieren werden, einen Brief an die Schulleitung. Sie bittet diese, ihre Adresse an alle Kinder der Schule weiterzugeben und sie zu ihr zu schicken. Sie habe ein Asbest-Durchimmunisierungs-Programm entwickelt und sowie die Kinder abgehärtet seien, könne dank ihrer ausgeklügelten Maßnahme der Unterricht endlich wieder wie geplant stattfinden.

Tage vergehen. Doch die Schulleitung meldet sich nicht bei Babette und es kommen auch keine fremden Kinder in ihr Haus.

„Da hat sicherlich Maude wieder einmal ihre Finger im Spiel", murmelt Babette zornig, „aber man kann heute gar nicht früh genug anfangen, an die nachfolgende Generation zu denken und diese zu schützen!"

Und so steigt Babette mit ihren Klebemörtel-Tütchen ins Auto und fährt zu den Kindergärten der Stadt, um die Erzieher vom Nutzen ihres Asbest-Durchimmunisierungs-Programms zu überzeugen. Doch auch dort findet sie kein Gehör – selbst als Babette den Erziehern eindringlich die Unbedenklichkeit ihres Vorhabens versichert. Immer wieder sagt sie:

„Machen Sie sich keine Sorgen! Es kann gar nichts passieren. Ich habe eine Lebensversicherung!"

So vergehen das Frühjahr und der Sommer. Maude hat sich nach Monaten wieder beruhigt und gegen Ende der Sommerferien lässt sie Babette sogar wieder in ihre Wohnung. Das Schulgebäude ist fertig renoviert und in einer Woche dürfen Maude und Nik zurück in die Schule. Die Asbest-Krise ist überstanden. Doch Babette fragt sich, welche neue Krise wohl derzeit auf der Tagesordnung steht. Es ist in den letzten Wochen so ruhig gewesen. Vielleicht sind es die Borasisis, die wieder etwas Komisches vorhaben? Babette wischt sich den Schweiß von der Stirn. Der Sommer in diesem Jahr ist bis dato unglaublich heiß gewesen und in den letzten zwei Monaten hat es kaum geregnet.

Maude und Babette haben beide genug von den Aufregungen. Dessen ungeachtet gibt es zwischen ihnen noch immer keine nachhaltige Waffenruhe. Das empfindliche Pflänzchen des Friedens bezieht seinen Dünger allein aus der emotionalen Erschöpfung der beiden.

Zusammen trinken sie einen Kaffee. Babette sitzt am Küchentisch, während Maude im Stehen ihren Kaffee schlürft. Dann sagt Maude doch: „Ich hoffe, du hast deine Lektion gelernt."

„Nein. Ich hoffe, du hast etwas lernen können, mein liebes Distelkind", sagt Babette milde. Sie hat Mitleid mit Maude, die so leicht zu manipulieren ist.

„Der ganze Schwindel mit dem Asbest ließ sich doch ganz leicht entlarven. Ich meine, kein Mensch von der Arbeitsschutzbehörde oder vom Bauamt hätte so lange nichts getan, wenn der Asbestzement auf dem Dach der Schule wirklich gefährlich gewesen wäre. Ich meine, wenn es etwas geben würde, das unsichtbar ist und das Menschen wirklich bedroht, glaubst du nicht auch, dass wir Menschen alle flink und vernünftig handeln würden? Aber du, meine liebe Maude, hast in den vergangenen Wochen und Monaten unglaublich viele Menschen verrückt gemacht. Und wofür? Damit geldgierige Baufirmen mit unseren Steuergeldern die Schule renovieren konnten. Ist es nicht schade, dass du damit die Korruption im eigenen Lande unterstützt hast?"

Für einen Moment ist Ruhe. Als Maude zu Babettes Frage Stellung beziehen will, sagt Babette: „Du brauchst nichts darauf zu antworten, meine liebe Maude. Ich weiß, dass ich Recht habe."

Logbucheintrag 9: Fleisch

Mit steifen Fingern nimmt Babette einen Kuchen und ein Brot von Maudes Lieblings-Bistro-Bäcker über den Tresen entgegen und ist vollends wütend. Maude und Walter veranstalten heute einen Grillabend in ihrem Schrebergarten am Waldrand. Dafür haben sie Babette beauftragt, ein Dinkelvollkornbrot bei Maudes Bäcker des Vertrauens zu kaufen und den bestellten französischen Zuckerkuchen abzuholen. Da Babette nicht wusste, ob Maude und Walter eine Brotschneidemaschine in ihrer Gartenlaube haben, hat sie das Brot gerade beim Bäcker schneiden lassen. Das hat einen Aufpreis von zehn Cent gekostet, den Babette nur ungern bezahlte. Am liebsten wäre sie über den Tresen geklettert, hätte in den Geschirrspüler des Bistros einen Haufen gesetzt und im Anschluss gekeift: „Schau'n Sie mal schön her, so ham Sie wenigstens 'ne Toilettenspülung gespart, wenn Sie schon Geld fürs Brotschneiden verlangen müssen! Das müsste Ihnen doch gefallen, wenn Sie auf jeden Cent achten wollen – glauben Sie mir, das tu ich auch!"

Doch Babette, die Brot und Kuchen eh lieber beim Discounter kauft, ließ die Schmach über sich ergehen.

Auf dem Weg in den Kleingarten schmerzen Babette immer wieder die Hände, was es ihr erschwert, den großen SUV zu lenken, sodass sie einmal eine Kurve verfehlt und in das Gleisbett der Straßenbahn rollt. Ohne mit der Wimper zu zucken, tritt Babette aufs Gaspedal und fährt einfach weiter. Entsetzt schauen Passanten vom Bürgersteig aus zu. Babette schreit aus ihrem offenen Fenster: „Ich darf hier langfahren, ich habe einen Geländewagen, ihr blöden Umweltfuzzis!"

Am Garten angekommen, überprüft Babette im Rückspiegel noch einmal ihre Frisur. Obwohl schon heute Morgen ihre Gelenke steif und schmerzbefallen waren, hat sie sich die Haare dunkelrot gefärbt und sie anschließend auftoupiert. Sie gewann damit dreißig Zentimeter Körpergröße hinzu. Babette freut sich, denn mit ihrer neuen Frisur kommt auch ihr gelbes Sommerkleid viel besser zur Geltung. Als sie das Tor zum Schrebergarten öffnet, stolpert Maude gerade aus der Laube. Babette schaut verächtlich auf ihre Schwiegertochter und fragt sie zur Begrüßung: „Na, mein liebes Distelkind, wo gab's denn heut schon Alkohol?"

Maude, die wie ihre beiden Männer einfach nur eine Jeans und ein T-Shirt trägt, zieht einen Zettel aus ihrer Gesäßtasche und macht sich eine Notiz.

Walter freut sich, seine Mutter zu sehen, und unterbricht seine Gartenarbeit. Er lässt Spaten und Eimer einfach stehen und umarmt Babette. Sein Vorhaben, die Brennnesseln vom Kompost zu beseitigen, vertagt er und beschließt, stattdessen den Grill anzuwerfen.

Nik zeigt seiner Oma nach der Begrüßung einen riesigen Haufen Fäkalien, die er von der Gartenwiese aufgelesen hat. Sie stammen wahrscheinlich von Waschbären, die seit geraumer Zeit in hellen Scharen in den Wald einfallen und sich des Nachts in den Gärten tummeln.

„Na fein", sagt Babette zu Walter, „dein Junge schibbelt also fremdländische Scheiße durch die Kante! Mit dem Talent wird er sicher einmal ein fabelhafter Aktienhändler werden. Wir werden alle wahrlich Großes von ihm erwarten können!"

Maude nimmt das Dinkelvollkornbrot und den Zuckerkuchen von Babette in Empfang. Babette teilt ihr daraufhin mit, dass Maude nie wieder zu dem Bäcker gehen dürfe, da dieser für das Brotschneiden extra Geld verlange. Die Geldgier der Bäcker schmerze sie sogar noch mehr als ihre Gelenke. Maude ignoriert Babettes Einschätzung und sagt, sie müssten alle besonders auf den Kuchen aufpassen. Sie zeigt Babette einen riesigen Ameisenhaufen, der sich unweit der Gartentür am Waldrand befindet. Wenn der Kuchen nicht verpackt und verschanzt bleibe, sei die Laube im Nu von Ameisen befallen.

„Aber wir grillen doch heute", meint Babette, „da können wir doch den Haufen nachher mit der Grillkohle ausräuchern!"

„Nein, das machen wir nicht", entgegnet Maude, „wir sind hier im Wald. Da gehören Ameisen dazu!" Maude nimmt die Sachen und bringt sie in die Laube. Den Kuchen legt sie in eine verschließbare Box. Dann zieht sie wieder ihren Zettel hervor, auf dem sie erneut etwas niederschreibt.

Walter und Maude haben Babette mitgeteilt, dass sie einen gemütlichen Grillabend im Frühsommer haben wollen und sich wünschten, Babette dabeizuhaben. Der wahre Grund für das Zusammentreffen ist aber ein anderer. In wenigen Wochen feiert Maude ihren vierzigsten Geburtstag und es ist eine große Party geplant, zu der all ihre Freunde und Kollegen eingeladen sind. Babette wird es sich natürlich nicht nehmen lassen, mit von der Partie zu sein, um zu sehen, was sie alles anders gemacht hätte. Seit einigen Jahren nun hat Maude eine Liste der Themen erstellt, die man in Babettes Gegenwart auf gar keinen Fall ansprechen darf. Aufgrund vielfachen Wunsches von Maudes Freundinnen bringt Maude die Liste gerade noch einmal auf den aktuellen Stand. Derzeit stehen darauf die Begriffe *Politik und Religion, Schule und Schulpolitik, Kindergärten und Kinderfernsehen, Sexualität und Sexualmoral, Bürgerwehren und Waffen, Magnolien und Birken, Pocahontas, Zahnärzte, Freibäder, Witwenrente, Asbest* und *Chemtrails,* und natürlich darf der *Weltuntergang* nicht fehlen. Hinzu kam mit dem heutigen Tag das Wort *Bäcker* und der Hinweis, bloß nicht in Babettes Gegenwart zu stolpern, wenn man sich nicht der Trunksucht verdächtig machen will.

Maude zückt ihren Stift und setzt nun noch das Wort *Ameisen* auf die Liste.

Als die Kohle im Grill zu glimmen beginnt, kommt Maude mit dem Grillgut aus der Laube. Auf dem Teller liegen neben ein paar Steaks und Würstchen auch

Grillkäse und Tofu. Babette beäugt Käse und Tofu misstrauisch und meint: „Ich wusste gar nicht, dass es heutzutage weiße Grillbriketts gibt."

Zum Abendessen zeigt sich Babette entsetzt, als sie feststellen muss, dass die weißen Briketts tatsächlich zum Verzehr gedacht sind und dass ausgerechnet Nik sie mag. Im Gegensatz zu Babette, die zwei Würstchen und ein Steak verdrückt, isst ihr Enkelsohn an diesem Abend kein Fleisch. Maude zeigt sich für Babettes Geschmack wie immer viel zu liberal, als sie meint, dass der Junge selbst entscheiden könne, was er essen möchte. Wie eh und je hält sich Walter zu allem Unglück aus der Angelegenheit raus und sagt nichts.

„Also Fleisch muss das Kind essen", setzt Babette Maude und Walter in Kenntnis. „Nik ist doch dieses Jahr gerade zwölf geworden. Der Junge steckt im Wachstum. Mein lieber Scholli, wo soll er denn alle lebensnotwendigen Mineralien und Energie herbekommen? Ihr müsstet euch wirklich einmal durchsetzen! Aber das tut ihr nicht, denn so ist es halt bei euch Distelkindern!"

Maude meint daraufhin, dass Nik genug Fleisch esse. Dann ergänzt sie: „Und abgesehen davon schadet ein geringer Fleischkonsum nicht – besonders nicht, wenn man an Rheuma leidet und deswegen Schmerzen in den Gelenken und den Händen hat!" Maude schaut Babette provozierend an. Ihr Blick scheint zu sagen: „Da hast du es!"

„Na, herzlichen Dank für den lieben Hinweis. Es gibt bei einem gemütlichen Grillabend doch nichts Schöneres, als belehrt zu werden", faucht Babette, während Maude unter dem Tisch ihre Liste mit dem Wort *Fleischkonsum* ergänzt.

„Weißt du, meine liebe Maude", fährt Babette fort, „früher haben wir einfachen Leute Fleisch gegessen und wir waren sehr dankbar, wenn wir welches hatten. Und sollte ich Rheuma haben, kommt es bestimmt nicht davon. Und ich wüsste mir zu helfen. Da gibt es viel bessere Methoden, als auf Fleisch zu verzichten!"

„Und was machst du bitte schön, außer dich jeden Tag mit einer Salbe einzuschmieren?", möchte Maude wissen. „Und selbst die hast du nicht freiwillig ausprobiert. Walter musste dich beknien, damit du sie nutzt. Und du nimmst sie auch nur, weil wir sie dir gekauft haben. Geld hättest du dafür nicht ausgegeben. Es tut mir leid, aber ich sehe nicht, dass du wirklich gut auf dich Acht gibst."

„Ich mache jede Menge für mich", verteidigt sich Babette, „ich beruhige meine Gelenke mit Zigaretten. Da sind nur natürliche Pflanzen drin! Und wenn ich nicht gerade Fleisch esse, lebe ich auch als Vegetarier!"

„Sehe ich das richtig?", fragt Maude. „Du rauchst wie ein Schlot, kaufst nur billige Lebensmittel vom Discounter und schaufelst kiloweise Fleisch in dich hinein, weil ihr früher keines hattet – und das soll alles sein, was du für dich tust?"

„Ich habe noch ganz andere Sachen auf Lager!",
plärrt Babette, steht auf und rennt wie ein Huhn um-
her, dessen Kopf gerade abgeschlagen wurde. Dann
greift sie einen der umherliegenden Eimer und nimmt
den Spaten. Sie prescht aus dem Gartentor zum Ameisenhaufen und schaufelt davon, so viel sie kann, in den
Eimer. Dann schüttet sie sich alles über den Kopf.

„Schau mal! Es weiß doch jedes Kind, dass Amei-
senbisse gegen Rheuma helfen. Das sind die guten, alt-
bewährten Methoden, wie einfache Leute dem Rheuma vorbeugen! Mir kann nichts und niemand etwas!"

Im Anschluss hastet Babette zum Komposthaufen,
reißt die Brennnesseln aus der Erde und beginnt sich
damit auszupeitschen.

„Das hilft alles gegen Rheuma. Ich kann jetzt so
viel Fleisch essen, wie ich will! Das schadet mir nicht.
Niemals!"

Maude zerreißt ihre Liste und beschließt, ihre Ge-
burtstagsparty abzusagen und mit Walter und Nik an
ihrem Geburtstagswochenende zu verreisen.

Nach zehn Minuten der Ameisen-Brennnessel-
Therapie putzt Babette die Reste des Ameisenhaufens
und der Nesseln von ihrer Haut und Kleidung. Längst
haben sich Pusteln gebildet. Überdies juckt es Babette
überall, denn viele Ameisen und Nesseln sind auch unter ihr gelbes Kleid gelangt. Sie lächelt tapfer und
betont, wie wohltuend die Rheumatherapie sei. Um
nichts in der Welt würde sie zugeben, dass sie es über-
trieben hat.

Kurz nach dem Abendessen verabschiedet sich Babette und sieht zu, dass sie nach Hause kommt. Sie kann es kaum erwarten, unter die Dusche zu hüpfen. Während der Fahrt stellt sie fest, dass es sie immer heftiger im Nacken krabbelt. Sie bemerkt, dass sich eine kleine Kolonie Ameisen langsam aus ihren auftoupierten Haaren heraustraut und auf Erkundungstour geht.

Da kommt Babette eine Idee. Sie wendet ihren Geländewagen und schießt zu Maudes Lieblings-Bistro-Bäcker. Dort angekommen, geht sie zum verschlossenen Eingang und schüttelt ihre Haare aus, bis ein kleiner Ameisenhaufen vor der Bäckerei liegt. Babette schaut auf die Ameisen. Dann spricht die Großmeisterin zu ihren Untertanen: „Meine Freunde, ihr wartet hier einfach, bis morgen früh die Tür aufgeht. Dann huscht ihr alle fein in den Laden. Dort erwartet euch ein Schlaraffenland! Das soll den elenden Bäckersleut eine Lehre sein, Geld fürs Brotschneiden zu verlangen!"

Logbucheintrag 10: Zugfahrt

Babette fährt mit Enkel Nik, Sohn Walter und seiner Frau Maude mit dem Zug in den Zoo und ist in Herz und Seele wütend. Da alle Züge im Staat neulich versehentlich mit einem Asbest-Raumspray gereinigt wurden, sind alle Passagiere angehalten, während der Fahrt eine Mund-Nasen-Bedeckung zu tragen.

Diese Vorschrift vermiest Babette den Tag, obwohl sie sich ungemein auf den Zoobesuch gefreut hat. Babette hat dafür extra ihren Lieblings-Zoo-Stecken mitgenommen, den sie am Vortag noch einmal auf Hochglanz poliert hatte und mit dem sie die Faultiere von den Bäumen stoßen möchte.

Um Babette zu animieren, eine Mund-Nasen-Bedeckung zu tragen, hat sich Maude etwas einfallen lassen und Masken mit witzigen Motiven selbst genäht: Auf ihrer pinken Maske sind Schlümpfe, auf Walters Maske befinden sich auf einem grauen Hintergrund viele Waschmaschinen, da er ja in einem Heimelektronikgeschäft arbeitet, und auf Niks beiger Maske sind lustige Eulen abgebildet. Um Babettes Geschmack zu treffen, hat sich Maude bei ihrem Mund-Nasen-Schutz für einen lila Stoff entschieden, auf dem viele kleine Kalaschnikows abgebildet sind.

Nichtsdestotrotz zeigt Babette kein Interesse an der Mund-Nasen-Bedeckung: „Nein, ich trage bestimmt keine Maske in einem öffentlichen Verkehrsmittel wegen Asbest oder sonst irgendetwas, das in der Luft sein könnte. Das Thema hatten wir bereits, mein liebes Distelkind! Ich will einfach keinen Sauerstoffmangel erleiden. Das ist mir zu ungesund. Und jetzt sei still. Ich will meine Ruhe haben!"

In diesem Moment schreit eine Passagierin drei Plätze von Babette entfernt in ihr Telefon: „Tadeus, ich höre dich nicht mehr, ich bin gerade in einem Funkloch!"

„Na, das sind doch einmal gute Nachrichten!", keift Babette die Frau an und erntet einen bösen Blick.

Maude lässt nicht locker. Mit der Ausdauer eines Hundes, der an seinem Kochen festhält, versucht sie Babette zu überzeugen:

„Möchtest du Nik kein Vorbild sein?"

Doch Babette antwortet: „Nein."

„Aber es gibt doch auch Solidarität und einen sozialen Vertrag. Meinst du nicht auch, es ist wichtig, einmal nicht egoistisch zu sein?"

Doch Babette antwortet: „Nein."

„Du weißt doch, dass Asbest unendlich großen Schaden anrichten kann, und bis jetzt ist die Anzahl der Leute, die aufgrund von Asbest Geschwüre bekommen haben und daran gestorben sind, überschaubar. Wir alle sind noch einmal glimpflich davongekommen. Meinst du nicht auch, es wäre an der Zeit, einmal demütig, bescheiden und dankbar zu sein?"

Doch Babette antwortet: „Nein."

Jetzt versucht Walter sein Glück: „Deine Maske, die Maude für dich gemacht hat, sieht richtig toll aus mit den ganzen Schießgewehren – ist das nicht fein?"

Doch Babette antwortet: „Nein."

Da sagt Maude zu Walter gewandt: „Vielleicht sollten wir einmal eine Frage stellen, bei der sich das letzte Wort auf ‚ja‘ reimt. Sonst glauben die Lesenden noch, sie wären beim *Neinhorn* gelandet."

Walter fragt: „Fällt dir so eine Frage ein?"

Doch Maude antwortet: „Nein."

Walter denkt sich, so schwer kann das doch gar nicht sein. Er schaut zu seiner Frau und meint: „Also mir auch nicht."

Hinter Babette telefoniert nun eine andere junge Frau: „Hasenpups, Waschbärzähnchen, ich wollte dir nur sagen, dass ich im Zug sitze."

„Und ich will das nicht wissen", faucht Babette, reißt der Frau das Handy vom Ohr und drückt auf die Taste mit dem kleinen roten Telefon. Dann schmeißt sie der Frau das Gerät in den Schoß.

Die Frau schaut mit Entsetzen auf Babette, die gerade ihren auf Hochglanz polierten Zoo-Stecken zückt. Bevor die Passagierin etwas sagen kann, mischt sich Maude in die Angelegenheit ein. Mit einem versöhnlichen Ton in der Stimme bittet sie um Vergebung: „Es tut mir wirklich sehr leid, aber Sie müssen meiner Schwiegermutter verzeihen. Wissen Sie, sie ist gerade sie selbst gewesen."

Dann widmet sich Maude erneut Babette: „Du benimmst dich jetzt wie ein normaler Mensch und setzt deinen Mund-Nasen-Schutz auf!"

„Vergiss es!"

„Ich werde zu drastischen Maßnahmen greifen müssen!"

„Dann mach doch! Viel kannst du eh nicht ausrichten, mein liebes Distelkind!"

„Ich meine es ernst!"

„Na, da bin ich ja gespannt!"

„Bist du dir sicher?"

„Aber so was von!"

Maude erhebt sich und ruft mit lauter Stimme durch den Wagon: „Meine sehr verehrten Damen und Herren, ich bitte Sie um einen Moment Ihrer wertvollen Zeit und Ihre geschätzte Aufmerksamkeit. Ich möchte in aller Form und Demut bei Ihnen um Verständnis werben für meine geliebte Schwiegermutter, die heute nicht in der Lage sein wird, einen Mund-Nasen-Schutz zu tragen, um ihrem Enkelkind ein gutes Vorbild zu sein."

Maude redet so laut, dass sie das uneingeschränkte Interesse aller Passagiere auf sich zieht. Sie hören auf, wie wild auf ihr Smartphone einzuhacken, andere unterbrechen ihre Zeitungslektüre und einige nehmen sogar die Kopfhörer aus den Ohren.

Maude fährt fort: „Für das Verhalten meiner lieben Schwiegermutter gibt es gute Gründe. Sie müssen wissen, alle Menschen, die beim Sex gewürgt werden oder die sich selbst beim Masturbieren strangulieren, verbinden Sauerstoffmangel mit einem Gefühl der Erregung. Daher können sie keinen Mund-Nasen-Schutz tragen, denn sie haben Angst vor Sauerstoffmangel und das macht sie nur unnötig …", Maudes Stimme wird tiefer und sinnlicher, „… geil."

Babette setzt ihre lila Kalaschnikow-Mund-Nasen-Bedeckung auf.

Logbucheintrag 11: Dreharbeiten

Mit einem Klemmbrett bewaffnet drückt Babette auf die Klingel mit der Aufschrift „DP Rick" und ist absolut erbost. Babette ist sich gar nicht sicher, ob in dieser Wohnung überhaupt jemand ist. Sie hatte sich vor dem Eintritt in das Mietshaus aus der Gründerzeit alle Namen der Bewohner am Klingelbrett notiert. Ein DP Rick ist nicht dabei gewesen.

Babettes Wut kennt kaum noch Grenzen, da ihr Aufenthalt in diesem Haus bisher nicht von Erfolg gekrönt ist. Doch vielleicht ist der Bewohner in der Erdgeschosswohnung kooperativ. Ansonsten hatte sie, als sie sich systematisch von oben nach unten durch das Haus arbeitete, den Eindruck, dass da nur Bekloppte wohnen, die ihr nicht helfen wollen, ihre familiären Pflichten gegenüber ihrem Bruder Wilfried zu erfüllen.

Babette besucht Wilfried wirklich selten, aber immer wenn sie es tut, findet sie im Stadtteil Käseberg, wo sich Wilfrieds Heim befindet, keinen Parkplatz. Um dieses Problem zu lösen, hat Babette beschlossen, eine Autofahr-Parkplatz-Tauglichkeits-Kartei zu erstellen, in der sie alle Bürger des Käsebergs erfasst und ein Urteil fällt, ob sie überhaupt Auto fahren sollten und einen Parkplatz haben dürfen. Ihre Autofahr-Parkplatz-Tauglichkeits-Kartei würde sie dann den Behörden übermitteln und Babette geht davon aus, dass die Beamten sich in Dankbarkeit für ihre Mühen dann um alles kümmern werden.

Als Babette ihrem Sohn Walter und seiner Frau Maude von ihrem Plan erzählte, erntete sie verwunderlicherweise Kritik von ihrer Schwiegertochter. Maude meinte, dass sie allein aus datenschutzrechtlichen Gründen Babette von ihrem Vorhaben abrate. Aber Babette ließ sich von diesen Bedenken nicht weiter beirren. „Weißt du, mein liebes Distelkind", sagte sie zu Maude, „schlimmer als die Datensammlung von der Gockel-Maschine im Internet bin ich auch nicht. Die sollen sich alle mal nicht so haben!"

Doch die Leute auf dem Käseberg hatten sich alle so. Und deswegen finden sich in Babettes Datei auf ihrem Klemmbrett zumeist nur Namen und Anschriften der Bewohner mit dem Vermerk, dass sie keine Auskunft über ihre Autofahr-Parkplatz-Tauglichkeit geben möchten. Allein in diesem Haus wurde Babette vier Mal die Tür vor der Nase zugehauen, als sie sich charmant vorstellte: „Guten Tag, die Parksituation da draußen ist ja unerträglich und es müssen Autos von der Straße. Ihres könnte eines davon sein! Ich bin persönlich daran interessiert, von Ihnen zu erfahren, ob Sie Auto fahren sollten und Ihr Auto parken dürfen. Dazu hätte ich ein paar Fragen." Das Freundlichste, was Babette erlebte, waren ein paar Anwohner, die meinten, sie würden eh nur Bus fahren. Eine ältere Frau, die sich als Hellseherin vorstellte, äußerte, sie lese immer im Kaffeesatz, wo freie Parkplätze seien. Anschließend schaute sie Babette fest an und warnte sie davor, Streuselkuchen an Passanten zu verteilen. Dann

war da noch eine junge Frau, die Babette genervt an-
schaute und fragte: „Welches Heim darf ich anrufen,
um Sie abführen zu lassen?"

Um die Menschen zur Einsicht zu bringen, wurde
Babette immer energischer. Hartnäckig versuchte sie
auf einen jungen Mann mit Rastazopf einzuwirken:
„Sie sind den Friseuren feindlich gesinnt. Sie müssen
furchtbar viel Angst vor einem Haarschnitt haben.
Also mit der Angststörung sollten Sie wirklich kein
Auto fahren! Ich nehme Ihnen mal schnell den Führerschein weg." Doch der junge Mann knallte einfach
seine Haustür zu.

Und so steht Babette nun vor der Wohnung von
DP Rick und wartet, dass jemand öffnet. Sie schöpft
neue Hoffnung, dass das nächste Gespräch etwas pro-
duktiver sein wird. Ansonsten würde sie sich gezwungen sehen, in der Nacht wahllos Fischöl in die Lüf-
tungsschlitze der umherstehenden Autos zu schütten,
damit sie endlich verschwinden.

Die Tür öffnet sich und ein Mann Anfang vierzig
steht vor Babette. Er ist muskulös, trägt eine schwarze
Lederhose und ein schwarzes Muskelshirt. Die Haare
sind kurz geschoren und sein voller brauner Bart ist
fein getrimmt. Grinsend schaut er Babette an und sieht
dabei aus wie ein Teddybär.

Babette prescht sofort mit ihrem Anliegen vor:
„Seit Jahr und Tag ist die hiesige Parkplatzsituation
eine Katastrophe und da müssen wir was tun und deswegen ..."

Der Mann unterbricht Babette, sagt ihr, dass sie völlig fertig aussehe, und bietet ihr einen Kaffee an. Dabei könne sie ihm alles erzählen, was ihr auf dem Herzen liege. Babette nimmt die Einladung an und betritt die Wohnung, die leer und unpersönlich auf sie wirkt. Mit einer Espresso-Maschine bereitet der Mann sich selbst und Babette einen Kaffee zu. Die Küche duftet nach frisch gemahlenen Bohnen. Während Wasserdampf durch die Espresso-Maschine steigt, stellt der Mann Babette noch etwas Gebäck und ein Glas Wasser auf den Küchentisch. Er hat Mitleid mit ihr, denn sie macht einen ziemlich abgekämpften Eindruck. Babette sieht einen Aschenbecher auf dem Tisch stehen und fragt, ob sie rauchen dürfe. Der Mann nickt und zündet sich ebenfalls eine Zigarette an. Nebenbei schenkt er beiden den Kaffee ein.

Dann bemerkt der Mann: „Also wegen der Parkplätze draußen kann ich Ihnen, so leid es mir tut, wenig Auskunft geben. Ich bin erst vor ein paar Tagen hier eingezogen, weil ich zu Dreharbeiten gekommen bin. Ich habe die Wohnung auch nur für einen Monat gemietet. Sie war schon möbliert und im Endeffekt ist das billiger als jedes Hotel in der Stadt."

Ohne darauf einzugehen, legt Babette los: „Es geht mir vor allem darum, dass es einfach zu viele Leute gibt, die weder Auto noch Führerschein haben sollten. Wissen Sie, es gibt so viele junge Menschen, die übergewichtig und zugekifft sind. Die sollten nicht Auto fahren. Frische Luft und viele Spaziergänge brauchen die!"

„Ja, was soll ich dazu sagen? Es ist halt insgesamt zu viel Verkehr auf den Straßen da draußen."

„Genau, das ist ein Skandal! Wenn Sie und Ihre Leute mit der Kamera hier sind, könnten Sie das gleich mit filmen. Machen Sie auch Dokus? Wenn wir von der Parkplatzsituation auf dem Käseberg berichten, wird das fraglos ein voller Erfolg. Sicherlich kriegen wir dafür Filmpreise, denn Menschen auf der ganzen Welt interessieren sich bestimmt für meine Parkplatzprobleme."

Der Mann lächelt Babette liebevoll an und schenkt ihr Kaffee nach. Dann sagt er überaus sanft:

„Eigentlich mache ich eher Spielfilme. Deswegen möchte ich unbedingt hier im nahen Gebirge drehen. Mir gefällt einfach die Kulisse und sie passt auch sehr gut zum Film." Der Mann grinst Babette an.

„Kommen Sie aus der Gegend?", möchte sie wissen.

„Ja, ich stamme aus einem kleinen Dorf im Gebirge, bin aber weggezogen und jetzt für den Dreh halt wieder hier. Meine Crew kommt die Tage. Ich brauchte ein wenig Vorlauf, um alles im Vorfeld abzuklären wegen der Drehorte und so weiter."

„Wissen Sie, was mir an Ihnen gefällt, mein Jung'? Ich höre bei Ihnen ganz viel Heimatverbundenheit raus. Es ist schön, wenn Menschen, die ihre Heimat verlassen haben, wiederkommen – und wenn es nur für einen Film ist. Sind Sie eigentlich so heimatverbunden wie die Neuesten Preußen?"

Mit einem milden Lächeln auf den Lippen schüttelt der Mann den Kopf. „Ich befürchte, eher nicht!"

„Na, das wird noch", ermuntert ihn Babette, „die Liebe ist ja da. Ich sehe sie in Ihren Augen. Da steckt ganz viel Gefühl drin. Sie müssen sich unglaublich freuen, hier zu sein. Glauben Sie mir, ich bin bestimmt die Erste, die Ihren Film im Kino ansehen wird! Und ein Grinsen haben Sie im Gesicht, Mensch, da müssen Ihnen doch die Frauen zu Füßen liegen!"

„Ich bekomme meine Komplimente", sagt der Mann und grinst weiter vor sich hin.

Babette bemerkt, dass sie gerade Schwiegermuttergefühle für den Mann entwickelt. Ach, wenn ihr Sohn Walter nur ein Mädchen geworden wäre, wie sie es sich gewünscht hatte! Dann könnte sie die beiden jetzt verkuppeln. Stattdessen hat er die besserwisserische Maude geheiratet. Babette befürchtet, dass sie Walter aufgrund ihres Wunsches vielleicht verweichlicht hat, sodass der arme Kerl gar nicht anders konnte, als die Matrone Maude anzuschleppen.

„Ist Rick eigentlich Ihr Nachname?", möchte Babette wissen.

„Nein, ist er nicht. Das ist mein Künstlername. Draußen an der Klingel am Briefkasten muss ich ihn noch ranschreiben, damit meine Crewmitglieder mich auch finden. Einige von denen kennen mich nicht unter meinem bürgerlichen Namen."

„Sie sind also Künstler?"

„Ja, im weitesten Sinne. Ich arbeite als Fotograf und Regisseur."

„Steht denn das DP für irgendetwas?"

„Ja, aber das wollte ich so nicht an die Klingel schreiben."

„Ja, aber warum denn nicht? Verraten Sie mir, wofür DP steht?" Babette ist neugierig geworden.

Der Mann atmet einmal tief durch. Dann schenkt er Babette erneut sein Teddybär-Grinsen und sagt mit gesenkter Stimme: „Nun ja, DP steht für ‚Dick Pic'."

„Also sind Sie der Dick Pic Rick", stellt Babette zufrieden fest. „Na, warum haben Sie das denn nicht gleich gesagt, mein Jung'? Das klingt doch wirklich lustig! Also ich finde Ihren Namen drollig. Und ich wüsste keinen Grund, wieso Sie den nicht an Ihren Briefkasten schreiben sollten!"

Dick Pic Rick grinst. Dann fragt er Babette: „Verstehen Sie eigentlich Englisch?"

„Nein, ich kann kein Fremdländisch. Ihr jungen Leute müsst das sicherlich können. Aber ich mache mir da nix draus. Warum?"

„Ach, nur so", lässt Dick Pic Rick Babette auflaufen. „Und ja, den Namen Dick Pic Rick habe ich nur gewählt, weil er so lustig klingt."

„Aber ich muss zugeben, dass Dick Pic Rick auf Dauer schon ein ziemlicher Zungenbrecher ist. Darf ich Sie einfach Rick nennen, mein Jung'?"

„Klar, das geht in Ordnung!", sagt Dick Pic Rick mit einem Lächeln.

Babette freut sich ungemein. Mit der Parkplatzsituation ist sie heute zwar nicht wirklich weitergekommen und das Auto von Dick Pic Rick steht nicht zur Debatte, denn er ist ja bald wieder weg und dann muss sich Babette um den Nachmieter kümmern. Begeistert ist sie aber, dass sie so einen netten Mann kennenlernen durfte, der sich so lieb um sie kümmert. Sie möchte ihre Freude noch einmal bekräftigen:

„Ich kann es kaum erwarten, zu erfahren, wie Sie mit dem Film vorankommen. Nehmen Sie mich beim Wort! Ich bin die Erste, die ins Kino geht und sich Ihren Film ansieht, Rick, mein Jung'."

„Ich denke, der Film wird nur online gezeigt werden", wirft Dick Pic Rick ein.

„Das macht nichts, mein Jung'. Ich finde schon einen Weg, ihn mir anzuschauen. Mensch, ich bin ganz aufgeregt! Ich kann es kaum erwarten, meiner Schwiegertochter von Ihnen zu erzählen. Sie meinte, meine kleine Umfrage hier wäre zu nichts nutze, und jetzt habe ich Sie kennengelernt. Na, die wird Augen machen!"

Dick Pic Rick grinst Babette an, die sich so langsam wieder auf den Weg machen möchte. Sie bedankt sich noch einmal bei ihm und sagt unentwegt: „Sie sind wirklich so ein guter Jung'!" Als sie schon fast zur Tür raus ist, läuft Babette noch einmal zwei Schritte zurück zu Dick Pic Rick und bittet ihn: „Sie müssen mir unbedingt noch verraten, wie Ihr Film eigentlich heißt, damit ich alle Neuigkeiten darüber im Internet lesen kann!"

Dick Pic Rick windet sich: „Nun ja, der Titel des Films spielt doch nicht wirklich eine Rolle."

„Doch, doch, komm schon, mein Jung', nun sag schon!"

„Ach Quatsch, so wichtig ist der nicht!"

„Doch, doch, raus mit der Sprache", fordert Babette.

Dick Pic Rick holt noch einmal tief Luft.

„Nun ja, also ich mache einen künstlerisch hochambitionierten Heimatfilm über die Menschen im Gebirge. Und dieser Film hat den Titel *Glück auf, Glück auf, der Besteiger kommt. Geile Männer allein im Schacht.*"

Babette lächelt und auch Dick Pic Rick grinst hoffnungsvoll. Dann sagt sie völlig euphorisch: „Nein, wie schön, ein Heimatfilm! Und der Titel erinnert an ein Volkslied. Ich habe es gleich geahnt, dass du ein guter Jung' bist. Da muss ich sofort Amthor von Donnersklöppel Bescheid geben. Er ist hier der Ortsvorsitzende der Neuesten Preußen. Den Film wird er bestimmt lieben und in seiner Partei bewerben. Ich bin mir sicher, das wird ein ganz großer Erfolg. Du künstlerst für die rechte Sache. Ich glaube ..."

Plötzlich hört Babette auf zu reden. Sie lächelt nicht mehr. Dick Pic Rick aber grinst immer noch hoffnungsvoll.

Dann schreit sie: „Den Film schaue ich mir nicht an! Ich habe es doch von Anfang an geahnt, dass es in diesem Haus nur Bekloppte gibt."

Babette stürmt aus dem Haus. Ihr Klemmbrett liegt noch immer auf dem Küchentisch.

Logbucheintrag 12: Erleuchtung

Babette schaut sich im öffentlich-rechtlichen Fernsehen eine Satiresendung an und ist bis über beide Ohren wütend. Die Sendung macht sich über eine Behörde lustig, in der alle Mitarbeitenden und Bürger gezwungen werden, einen Paternoster-Führerschein zu erwerben, bevor sie sich im Gebäude auf- und niederbewegen dürfen, ohne die Treppe zu benutzen. Die Sendung berichtet sogar davon, dass eine linksradikale Politikerin fordere, dieser Regelung ein Ende zu machen.

„Menschen zu verspotten, die nur wollen, dass alle sicher und wohlbehütet an ihr Ziel gelangen! Ist es denn schon so weit? Es gibt nur noch Distelkinder da draußen! Ich fasse es einfach nicht! Und dafür bezahle ich Rundfunkgebühren!", nuschelt Babette erbost vor sich hin. „Die werden alle noch früh genug sehen, wohin uns das bringt."

Einige Tage später erfährt Babette aus der lokalen Zeitung, dass sie mit ihrer Einschätzung nicht falsch lag. Es begab sich, dass sich im Rathaus der Stadt, in dem es auch einen Paternoster gibt, ein Unglück ereignete. Nach einer Sitzung wurde das 62-jährige Stadtratsmitglied Amthor von Donnersklöppel von seiner Frau und Dackel Fiffi abgeholt. Babette mag Amthor von Donnersklöppel sehr, der als Vorsitzender der Ortsgruppe der Neuesten Preußen alle Hippies daran erinnert, was Zucht und Ordnung ist. An diesem Tag

hatte er einen Antrag eingereicht, nach dem alle zuge-
zogenen Borasisis in einem Viertel der Stadt unterge-
bracht werden sollten, damit es zu einer gesunden Se-
gregation von guten und schlechten Bürgern in der
Stadt kommen könne. Amthor von Donnersklöppel
hat schon immer gewusst, dass mündige Bürger durch
die Aufgabe von Freiheiten mehr Befreiung erhalten.
Erfolg hatte er mit seinem Antrag zwar nicht, dennoch
sorgte er dafür, dass die Anträge des Jugendhilfeaus-
schusses keine Aufmerksamkeit mehr erhielten.

Erfreut über diesen großartigen Erfolg wollte Amthor von Donnersklöppel so schnell wie möglich mit
der Liebe seines Lebens und seiner Frau nach Hause
und stieg behände, die Hundeleine in der Hand, in den
Paternoster. Doch der Dackel sträubte sich, mit in den
Fahrstuhl zu springen. Er verharrte einfach und krallte
sich mit aller Kraft in der Auslegware fest. Sein Kopf
hing über der Kante und er blickte auf sein Herrchen,
das langsam mit dem Paternoster nach unten fuhr.
Amthor von Donnersklöppel zog indes weiter an der
Leine. Und so kam es, dass die letzten Worte, die Fiffi
in seinem Hundeleben zu hören bekommen sollte,
waren: „Fiffi, du kommst jetzt mit in den Fahrstuhl",
bevor die nächste hinunterfahrende Kabine des Paternosters dem Dackel das Genick brach.

*Todbringender Paternoster im Blutrausch: Unfall mit
Dackelschaden* betitelte die Zeitung am nächsten Tag ihren Bericht von dem Unheil, den Babette soeben gelesen hat. Jetzt würde sie am liebsten den Satiriker in

Grund und Boden klagen, wenn sie nur wüsste, welche rechtliche Handhabe es gegen Satire gibt.

Für Babette wird wieder einmal deutlich, wie wichtig es ist, Leute von der Uninformation zu befreien. Sowie Menschen Bescheid wissen, verhalten sie sich richtig und keiner richtet irgendeinen Schaden an. Amthor von Donnersklöppel ist schlicht das Opfer von Uninformation geworden. Das denkt sich Babette und holt eine Zigarette aus der Schachtel, deren Warnhinweise sie schon lange nicht mehr gelesen hat.

Nachdem Babette sich ihre Zigarette angezündet hat, geschieht etwas Seltsames mit ihr. Sie hat schon immer geahnt, dass sie in Wirklichkeit die Seele einer großen deutschen Mystikerin wie Hildegard von Bingen besitzt, die das Privileg hat, den Rechtschaffenen und Einflussreichen beratend zur Seite zu stehen. Ihr Rat würde von allen befolgt, da sie immer Recht hat. Nun erhält Babette vom göttlichen Schicksal den endgültigen Beweis für die Richtigkeit ihrer Annahme, denn im Fernsehsessel ereilt sie eine Vision:

Babette sieht sich kettenrauchend in einen Liegestuhl im Foyer des Rathauses gebettet. Sie mustert kritisch alle umherlaufenden Menschen. Als ein junger Mann, der wie ein Borasisi aussieht, sich ins Rathaus verirrt und den Paternoster ansteuert, kommt es dazu, dass Babette, in Rauchschwaden gehüllt, aus ihrem Liegestuhl aufersteht, erhaben wie ein edles Sumpfmonster, und schreit: „Nein, du darfst den Aufzug ohne Paternoster-Führerschein nicht benutzen!" Im

Hintergrund hat sich bereits ein weißer Knabenchor zur Pyramide aufgetürmt, der in Diskolicht gehüllt in Fremdländisch singt: „Stop, in the name of order!" Dann nimmt Babette ihr Gewehr und knallt den jungen Mann ab, bevor er sich durch unsachgemäße Benutzung des Paternosters verletzen kann.

An diesem Punkt spürt Babette, dass ihre Vision auch etwas Illusorisches hat, denn sie weiß natürlich, dass sie kein Gewehr so perfekt bedienen kann. Sie hat einmal das Gewehr ihres Nachbarn Waldemar aus Spaß ausprobiert. Dabei war der Rückstoß der Waffe zu heftig für sie, sodass sie mit ihrem ganzen kraftlosen Körper nach hinten stürzte und der Schuss gen Himmel ging.

Nichtsdestotrotz weiß Babette nun, welchen Auftrag das Universum ihr erteilt hat.

Am nächsten Tag stellt sie sich mit Klemmbrett vor das Rathaus und veranstaltet eine Unterschriftenaktion für ein Paternoster-Führerschein-Zulassungssystem mit ihr als Überwachungseinsatzkraft. „Setzt dem Wahnsinn ein Ende!", schreit Babette. „Wie viele unschuldige Dackel sollen noch durch zu viele Freiheiten ihr Leben lassen? Es kann doch nicht sein, dass jeder einfach so nach oben kommt!"

Doch es interessiert sich niemand für Babettes Anliegen. Nur ein paar Touristen machen kurze Videos von ihr und stellen diese sogleich ins Internet. Währenddessen erneuert ein Angestellter der Stadtverwaltung das Schild mit der Aufschrift „Tiere verboten" am Eingang des Rathauses.

Wütend geht Babette nach Hause und beschließt, ihren Keller aufzuräumen. Da geschieht es erneut. Das göttliche Schicksal leitet ihre Wege auf eine nicht zu erklärende mystische Weise: Inmitten von Sperrmüll und Unrat entdeckt Babette ein Fass mit dreißig Kilo Eipulver aus Vorkriegszeiten, das sie von ihrer Mutter geerbt hat. Sie hatte ganz vergessen, dass sich solch ein Schatz in ihrem Besitz befindet.

„Mit diesem Eipulver kann ich unzählige Streuselkuchen backen und die Leute mit der Verköstigung für meine Unterschriftenaktion gewinnen", sagt sich Babette und eilt in die Küche.

Am nächsten Tag steht Babette wieder vor dem Rathaus und in der Tat gelingt es ihr, 64 Menschen, die für Kuchen alles unterschreiben würden, eine Unterschrift abzuringen.

Am darauffolgenden Tag möchte Babette ihren großen Erfolg vom Vortag natürlich wiederholen. Und so steht sie morgens um acht Uhr völlig übermüdet auf dem Markt. Sie hat die ganze Nacht durchgebacken und kaum Schlaf gefunden.

Babettes Unterschriftenaktion verläuft erneut zufriedenstellend. Gegen Mittag jedoch kommen Beamte vom Gesundheitsamt der Stadt zu Babette. In der Hand halten sie eine Verfügung. Auf Basis des Infektionsschutzgesetzes erging ein Erlass gegen Babette, der es ihr verbietet, weiterhin Kuchen an Passanten zu verteilen, da alle Konsumenten ihres Kuchens an Brechdurchfall leiden.

„Das liegt aber nicht an meinem Kuchen, sondern nur daran, dass heutzutage alle gegen alles allergisch sind. Ich sage nur: Giftwolken aus Flugzeugen! Dagegen solltet ihr mal etwas tun – ihr mit eurem beschissenen Infektionsschutzgesetz!"

Doch die Beamten lassen sich nicht zur Vernunft bringen, denn in ihren Augen ist Babettes Kuchenstand nichts weiter als ein Herd sich rasant ausbreitender Keime. Es gebe sogar bereits zahlreiche Indizien dafür, dass Babettes Kuchen als Brutstätte für mutierte Noroviren diene.

Herzlos, wie Beamte sind, beschlagnahmen sie den Streuselkuchen, stecken ihn in Vakuumbeutel und setzen Babette davon in Kenntnis, dass der Kuchen in einem Labor untersucht werde, bevor er im städtischen Krematorium professionell und unter strengen Sicherheitsauflagen eingeäschert wird.

„... aber mein Kuchen", winselt Babette leise. Doch sie ist sich im Klaren darüber, dass sie von Menschen, die sich im Rausch der Behördenwillkür befinden, keine Gnade erwarten darf.

Babette ist am Boden zerstört. Welch schwere Prüfung der liebe Gott ihr aufbürdet! Aber wie jeder Märtyrer weiß Babette, dass sie zunächst unter dem Joch der Distelkinder leben muss, um letztlich wiederauferstehen zu können.

Fortsetzung folgt.

Der Autor dankt ...

... allen Distelkindern.
(u know who u r)

... allen, die enthusiastisch auf Babette reagiert haben,
besonders Alecia,
Vivienne (die *Korruption* ist dir gewidmet)
und Nike (die *Dreaharbeiten* sind für dich ☺),
meiner Mutti und Lothar.

... allen, die Input geliefert haben, auf die eine oder
andere Weise: meinen Großeltern, vor allem meiner
Oma Marianne Schlosser, Karin, Nils,
meiner Schwester Susanne und Iren.

... meinen Lehrer*innen, besonders
Petra (merci pour la philosophie)
und Cecile (I now know what Atwoodian means).

... allen Künstler*innen, die mich geprägt haben, vor
allem sei hier Ebow erwähnt, die in dem Lied
„Baba Bak" mit dem Begriff „Neueste Preußen" meine
Fantasie f(r)u(r)chtbar beflügelt hat.

... meinen Schüler*innen, vor allem für den Hinweis
den Balkon des Erzgebirges zu besuchen.

... allen, die im Alltag meine spontanen Lachanfälle
ausgehalten haben, weil Babette in meinem Kopf
ihr Unwesen trieb.

... meiner Lektorin Irina Sehling.

... allen Zuhörenden meiner Lesungen.
Sie wussten nicht, auf was sie sich eingelassen haben.

... der Isolation durch den Corona-Virus.
Sie zwang mich dazu, die Welt lustiger zu erfinden.

... Steven.

Babette dankt ...

... niemanden

Weitere Informationen unter:

www.distelkinder.com